AF217722

Tucholsky Wagner Zola Scot Sydow Freud Schlegel
Turgenev Wallace Fonatne
Twain Walther von der Vogelweide Fouqué Friedrich II. von Preußen
Weber Freiligrath Frey
Fechner Weiße Rose von Fallersleben Kant Ernst Frommel
Fichte Richthofen
Engels Fielding Hölderlin
Fehrs Faber Flaubert Eichendorff Tacitus Dumas
Eliasberg Ebner Eschenbach
Feuerbach Maximilian I. von Habsburg Fock Zweig
Ewald Eliot Vergil
Goethe Elisabeth von Österreich London
Mendelssohn Balzac Shakespeare Dostojewski Ganghofer
Lichtenberg Rathenau
Trackl Stevenson Doyle Gjellerup
Mommsen Tolstoi Hambruch
Thoma Lenz Droste-Hülshoff
Dach Verne von Arnim Hanrieder
Reuter Hägele Hauff Humboldt
Karrillon Rousseau
Garschin Hagen Hauptmann Gautier
Damaschke Defoe Baudelaire
Descartes Hebbel
Hegel Kussmaul Herder
Wolfram von Eschenbach Schopenhauer
Darwin Dickens Rilke George
Bronner Melville Grimm Jerome
Campe Horváth Aristoteles Bebel Proust
Bismarck Vigny Voltaire Federer Herodot
Gengenbach Barlach Heine
Storm Casanova Tersteegen Gilm Grillparzer Georgy
Chamberlain Lessing Langbein Gryphius
Brentano Lafontaine
Strachwitz Claudius Schiller Kralik Iffland Sokrates
Katharina II. von Rußland Bellamy Schilling
Gerstäcker Raabe Gibbon Tschechow
Löns Hesse Hoffmann Gogol Wilde Gleim Vulpius
Luther Heym Hofmannsthal Morgenstern
Roth Klee Hölty Goedicke
Luxemburg Heyse Klopstock Kleist
Puschkin Homer
Machiavelli La Roche Horaz Mörike Musil
Navarra Aurel Musset Kierkegaard Kraft Kraus
Nestroy Marie de France Lamprecht Kind Kirchhoff Hugo Moltke
Nietzsche Nansen Laotse Ipsen Liebknecht
Marx Ringelnatz
von Ossietzky Lassalle Gorki Klett Leibniz
May vom Stein Lawrence Irving
Petalozzi Knigge
Platon Pückler Michelangelo Kafka
Sachs Poe Kock
Liebermann Korolenko
de Sade Praetorius Mistral Zetkin

Der Verlag tredition aus Hamburg veröffentlicht in der Reihe **TREDITION CLASSICS** Werke aus mehr als zwei Jahrtausenden. Diese waren zu einem Großteil vergriffen oder nur noch antiquarisch erhältlich.

Symbolfigur für **TREDITION CLASSICS** ist Johannes Gutenberg (1400 — 1468), der Erfinder des Buchdrucks mit Metalllettern und der Druckerpresse.

Mit der Buchreihe **TREDITION CLASSICS** verfolgt tredition das Ziel, tausende Klassiker der Weltliteratur verschiedener Sprachen wieder als gedruckte Bücher aufzulegen – und das weltweit!

Die Buchreihe dient zur Bewahrung der Literatur und Förderung der Kultur. Sie trägt so dazu bei, dass viele tausend Werke nicht in Vergessenheit geraten.

Heimlicher Reichtum

Ferdinand Kürnberger

Impressum

Autor: Ferdinand Kürnberger
Umschlagkonzept: toepferschumann, Berlin

Verlag: tredition GmbH, Hamburg
ISBN: 978-3-8424-6979-2
Printed in Germany

Text der Originalausgabe

Ferdinand Kürnberger

Heimlicher Reichtum

Ich gestehe, daß ich eine Pfändungsgeschichte auf dem Herzen habe, also ein gemeines, erzprosaisches Motiv, das die Poesie nicht brauchen kann und das, wenn sie es trotzdem verwendet, ihr nichts zu leisten pflegt als höchstens ein vertrackt sentimentales Rührstück.

Dabei fällt mir aber der selige Schauspieler Y. ein, der ein leidenschaftlicher Pessimist war und seine Kreise mit einer unermüdlichen Propaganda für Schopenhauer ebenso plagte, als er sie durch die liebenswürdigsten Gaben eines nie versiegenden und stets gutmütigen Humors entzückte.

Den fragte einst eine Dame: »Wie kann man nur bei so viel rosiger Laune ein solcher Schwarzseher sein und die Welt, die man doch anlacht, so bitter verdammen?« Da antwortete er ihr: »Was wollen Sie? Ich weiß, was ich tue. Als ich noch die Bösewichter spielte, lauerten mir oft die Kunstmäzene nach dem Theater mit wuchtigen Ziegenhainern auf und prügelten mich halb tot, wenn sich mein Sekretär Wurm oder Lord Burleigh ihren beifälligsten Abscheu errungen hatten. Jetzt, wo ich noch besser, wie Sie wissen, die Bonvivants spiele, überfällt mich kein Mensch mit Champagnerflaschen und Trüffelpasteten, um mir den wohlverdienten Lohn meiner hinreißenden Leistungen heimzuzahlen. Da greifen Sie es doch mit Händen, daß die Welt grundschlecht ist und mehr zum Bösen als zum Guten geneigt.«

Wenn sich ein Prinzip wie der Pessimismus so gemütlich beweisen läßt, so darf ich diese Anekdote vielleicht meinen Lesern zur Bürgschaft vorausschicken, daß man ohne Lamento auch um eine Pfändungsgeschichte herumkommen kann.

Apropos, Bürgschaft! Hast du schon einmal Bürgschaft geleistet, freundlicher Leser? Es wäre schade, wenn du es nicht getan hättest. Kein Mensch kann die Welt so schön sehen, als sie ein Bürge sieht. Sie lacht in den rosigsten Farben. Sie duftet von Zimt und Umbra. Sie schmeckt nach Honig und kandierten Früchten. Sie glänzt wie Gold, sie strahlt wie facettierte Diamanten, sie klingt wie Harfen und Flöten. Nie war die Welt so sicher vor ihrem Untergang und speziell das Kleeblatt darin: der Gläubiger, der Schuldner und du, sein Bürge. Wäre der Gläubiger nicht ein Erzkamel und ein umnachteter Vollblut-Philister, was brauchte er noch andere Sicherheiten als deines Freundes, des Schuldners? Er schwimmt ja in Sicherheit. Er hat fast zuviel davon. Fällt die Kuh, so lebt das Pferd, und fällt das Pferd, wo blieben die Merinoschafe? Für das Eis hat er den Schlitten und für das Wasser den Kahn, in der Sonne den Phaeton und im Regen den Landauer: du kannst gar nicht anders als gut mit ihm fahren. Kurz, dein Boden ist fest wie Malachitboden und deine Sorgen sind leicht wie Kolibrifedern. In heller Ironie schreibst du die zwei Wörtchen: »Bürge und Zahler,« schreibst deinen Namen darunter und lachst den Gläubiger aus, den stocksteifen Pedanten, der sich in Sicherheit hüllt wie ein Podagrist in Flanell. Der Schuldner, dein Freund, steht ja noch besser als der Gläubiger selbst; aber wer borgt sich nicht wohl einen Regenschirm aus, wenn ihn im Sommer ein kurzer Regenschauer überrascht? So borgt er, so bürgst du, übrigens ist sein Wohlstand ein Sommer; es müßte mit Zauberei zugehen, wenn es anders wäre.

Nun, es geht auch mit Zauberei zu. Das Schicksal erfindet Zaubereien, viel origineller und weiter hergeholt als alle Voraussicht. Und im Nu verwandeln sich die fünf oder sechs Buchstaben deiner Unterschrift in Riesen und Oger, in Wölfe, Geier, Löwen und Tiger oder auch in Termiten, Wespen, Holzwürmer und Motten, kurz in ganz undeutlich sinnreiche Bestien, welche alles zugleich tun, das größte wie das kleinste: sie fressen deine Pferde und Kühe, deine Gärten und Felder auf, sie trinken deine Teiche und Brunnen, deine Wein- und Bierkeller aus, sie knuspern den Solitär von deinem Finger und die Bernsteinspitze von deinem Munde, sie lecken das Öl von deinen Bildern und die Farben von deinen Tapeten, sie nagen deine Möbel und Bücher in ihren unsichtbaren Magen hinab und stehlen deiner Frau das letzte Stückchen Zucker aus der Kristalldose. Wer hätte das gedacht? Ei freilich, just weil du's nicht gedacht hast, mußt du's bezahlen!

Auch Freund Landolin hatte es nicht gedacht, unser junger, liebenswürdiger Landolin, den die soliden Leute, das heißt, die unliebenswürdigen, leichtsinnig und liederlich nannten. Nun saß er schön in der Tinte! Geschieht ihm recht, sagten die Soliden, er sollte längst klüger sein. Hat er darum geheiratet, um seine tollen und kopflosen Streiche nach wie vor zu treiben? Ach, seufzten die Solideren, als ob diese Heirat nicht selbst der tollste Streich wäre! Verdirbt es mit seinem steinreichen Onkel und ehelicht ein blutarmes, fadennacktes Mädchen, sein verhungertes Patrizierfräulein aus Dingsda – wie heißt nun der Kuhstall im Kanton Neufchâtel? Und zuletzt, sagten die Solidesten, auf was hat er denn eigentlich geheiratet? Es ist wahr, der Taugenichts wäre nicht ohne Hilfsmittel: er spricht Sprachen, er zeichnet und malt nicht übel, er spielt die Violine wie Ole Bull, er hat sogar hübsche Kenntnisse in der Mathematik. Aber regt er nur einen Finger nach einem soliden Erwerb? Längst wäre er verhungert mitsamt seinem Kuhfräulein, wenn ihn die Kunsthandlung in Düsseldorf mit ihren Bilderportefeuilles nicht hausieren schickte. Da bummelt er ein paarmal im Jahre auf Reisen, dann liegt er auf der faulen Haut und treibt Narrenspossen. Welch ein Brot! Freilich, es vagabundiert sich so schön! Man geht dabei alten Liebschaften nach und knüpft neue an. Und die Frau zu Hause? Muß ihre Reize schon verloren haben. Kann sich die Zeit auf ihre Weise vertreiben. Welch ein Skandal! Freilich trägt sie das Näschen verdammt hoch und der alte Fürst Graupenheim blitzte jämmerlich ab, als er mit seinem Billetdoux und seiner Perlenschnur anklopfte. Nun warten wir's ab, wenn ein Junger die Perlenschnur schickt. Es ist noch nicht aller Tage Abend. Wir wollen sehen, was das Korn gilt, wenn die neue Husarengarnison einrückt mit ihrem jungen Eskadronschef, Baron Ganymed.

Das ungefähr war die liebevolle öffentliche Meinung eines deutschen Kleinstädtchens, wie sie beim »Kranzwirt« gemacht wurde, unter einer wunderschönen Ruine am Rhein. Seit das Städtchen ein Landungsplatz der Dampfschiffe geworden und ein neues »Viktoriahotel« den Fischfang der reichen Engländer besorgte, hatte der Kranzwirt, um im Fortschritt der Zeit doch auch etwas zu tun, seiner alten Weinkneipe ein neues Damencafé »angegliedert«, und das war just das rechte. Das weibliche Publikum folgt dem angenehmen Gefühl einer neuen Mode und das männliche der Bequemlichkeit eines altgewohnten Stammsitzes und alle Kneipiers durften jetzt länger kneipen, weil sie ihre schöneren Hälften mitnehmen konnten. Sie konnten es und oft mußten sie es. Dort saßen nun die Honoratiorenweiber des Ortes, beräuchert von ihren Männern, aber nicht in Weihrauch, sondern in Galgenknaster, denn die Glaswand erwies sich nicht länger als Scheidewand und bald wurde der Schoppen im

Damencafé, bald der Kaffee in der Weinstube getrunken; jedenfalls schmolzen zwei Klatschbuden in eine zusammen, was ihre Wucht gleich verzehnfachte. Hier Strickstrumpf und Zichorienmokka, dort Holländerpfeife und Federweißer bildeten ein wohlgestimmtes Konzert der Medisance, und während es seine gemütlichen Etüden und Variationen mit Meisterschaft durchspielte, deutete bald eine Stricknadel, bald eine Pfeifenmundspitze auf den großen alten »Salhof«, welcher, längst eine Halbruine, von Schweden- und Franzosenkugeln zerzaust, am Nordende des Städtchens lag und wo in einem Giebel, zum Küssen schön, besagter Landolin, den wir bereits als ein Original und fahrendes Genie kennen, in grillenhafter Romantik sich eingehaust hatte.

Schade, daß der Salhof so fern lag. Das Kranzwirtkonzert hätte sonst sehen und hören können, was zu einem Tage schlecht paßt, wo man eine Pfändungskommission erwartet und noch schlechter zu der obligaten christlichen Schadenfreude darüber. Es hätte hören können, wie Freund Landolin lustig die Geige strich, und sehen, wie Frau Hermine in tiefster Gemütsruhe eine Puppe aufputzte.

Wir aber, die wir nicht in einem qualmigen Stammgastpferch konsigniert sind, was hindert uns, dieses leichtsinnige Pärchen in der Nahe zu betrachten? Wir finden nun zwar, das wissen wir bereits, kein Not- und Jammerbild, das ein Rührstück sein will, dagegen scheint uns ein Bild zu erwarten, dessen Rahmen ein höherer als der irdische Vergolder vergoldet hatte. Just die Medisance selbst ließ das durchleuchten! Also treten wir ein in den Salhof.

Nachdem wir uns auf der steilen, stichdunklen Holztreppe nicht den Hals gebrochen, befinden wir uns in einer Giebelwohnung von zwei Zimmern. Wir könnten sie Säle nennen oder noch besser Reitbahnen. Kolossale Räume sind's. Die Wände mit Eichenholz getäfelt und entzückend geschnitzt, der Plafond kassetiert, gemalt und geschnitzt, daß ein Altertümler aus allen Poren Wonne schwitzte, auch wenn er sofort erriete, daß das alles nur ein angehender Moderhaufen, den der kunstsinnige Insasse noch im letzten Augenblicke beim Schopf ergriffen und geschickt wieder ins Leben zurückrestauriert und gefirnißt. Schon ruinenhafter nämlich sahen sich die zwei Kachelöfen mit ihren bebilderten Fliesen an, jeder ein Raum, worin bequem vier Personen Whist spielen könnten. Eben solche

Riesen sind die Wandschränke, größer als in Paris die meisten Schlafalkoven. An den Wänden hängen Jagdarmaturen, Studentenschläger, dazwischen sieht man Eulen und Fuchsköpfe angebracht und in den gotischen Fenstern stehen nicht Blumen, sondern eine einzige große Blume, die Rheinlandschaft, die rosig und voll zu allen Scheiben herein leuchtet.

In diesem Heimwesen schlurft ein junger Mann auf und ab, die Violine am Kinn, die Füße in gestickten Pantoffeln, am Leibe nicht den Schlafrock, der ihm verhaßt ist, sondern jenen malerischen, faltenschönen Talar, den wir mit einem altertümlichen Worte den Paltrock nennen. Er ist groß von Statur und schlank wie eine Tanne, sein Kopf schmal, Haar und Henriquatre schwarz, das Auge blitzend von Feuer und doch wieder so gutmütig duselig, daß diese Mischung das gab, was man »den Schelm im Auge« nennt. Es ist Landolin, der für einen Freund Zahlungsbürgschaft geleistet hat und heute für den Freund ans Kreuz geschlagen, nämlich gepfändet wird.

In einem ausgebauchten Erkerfenster sitzt Frau Hermine, gleichsam die Elfenbeinfigur unter den massiven Holzschnitzereien. Ihr pikantes Gesichtchen erhält den pikantesten Ausdruck von den schwarzen Tuschen ihrer zartgeschwungenen und fast zusammengewachsenen Augenbrauen, unter deren Schatten das feingeschnittene Auge ein schwüles Feuer verbirgt oder schalkhafte Blicke zuspitzt. Man sieht es diesem Auge sofort an, daß es jenen Schelm im Auge noch überschelmen konnte. Freund Landolin mochte viel geliebelt haben, aber dieses Augenpaar mußte er lieben. Dieses Mädchen mußte er heiraten. Mädchenhaft trägt sie den Kopf noch *à l'enfant* frisiert, in ihrem Anzuge – Leibchen, Röckchen, Schürze – ist eine häuslich einfache Nettigkeit, welche die Honoratiorenweiber beim Kranzwirt nicht mehr häuslich, sondern kokett nennen, weil sie die graziöse Nuance nicht treffen. Sie putzt, wie gesagt, eine Puppe auf. Zu ihren Füßen liegt eine isabellafarbene Dogge und schaut ihr aufmerksam zu.

»Ich sage dir, das Tier hat Seele,« fing Landolin an, indem er zu spielen aufhörte. »So oft ich das Konzert von Berlioz intoniere, hält er sich schon, wie ein Mensch, dagegen die Satanella und ähnliche Dummheiten versetzen es gleich in ein tierisches Murren.«

»Kurz, du liebst den Hund und findest nur Tugenden an ihm.«

»*Fi donc*, wer möchte Tugenden lieben! Darum liebe ich ja *dich*, weil du so hübsch voll Unarten bist.«

»Zum Beispiel?«

»Du bist treu, häuslich, genügsam, aufgeweckt, jung, schön und führst eine gute Küche. Ich zähle lieber dein weniges Gute auf, denn mit deinen vielen Unarten würde ich nicht fertig.«

»*Merci, Monsieur!* Und was dich betrifft, du bist leichtsinnig, verschwenderisch, flatterhaft, vielleicht auch ein bißchen untreu, müßig, üppig, kurz, ein fauler, nichtsnutziger Schlingel. Ich zähle lieber deine wenigen Fehler auf, denn alles übrige sind Tugenden.«

»Du machst von deinem Narrenrecht einen starken Gebrauch. Aber es sei! Und weißt du was? Wenn meine Fehler Aktiva sind, so will ich sie heute der Pfändungskommission deklarieren. Vielleicht nimmt sie sie an Zahlungsstatt an.«

»*Mon dieu*, sie kommen heute schon?«

»Dir zu dienen, mein Engel.«

»Hol' sie der Kuckuck! Mir ist sehr schlecht mit ihnen gedient.«

»Warum? Sei groß, Hermine, freue dich, daß wir den Bildungsquark los werden, wie es Leo in Halle nannte. Ich sage dir, der größere Teil der Menschheit geht ohne Sacktücher herum und ein noch größerer ohne Christentum. Es gibt Mondnächte, wo man sich seines Bettes schämt und eine rohe Auster ist mir lieber als alle deine Kasserolen. Wenn ich abends im Rhein schwimme oder ich liege zwischen Thymian und Waldmeister an einem Forellenbach, da denke ich mir oft: Ach, wäre mein Weibchen ein Meerweiblein und zöge die Krinoline, die sie abends auszieht, nie an!«

»Wer sollte denken, daß zwischen Thymian und Waldmeister ein so blühender Unsinn blühen kann!«

»Du ahnst gar nicht, wie wenig man braucht zum Leben. Zum Beispiel, wozu brauchen wir dieses Geschirr? Glaubst du denn wirklich, Sakontala hat ihrem König Duschmanta eine Tasse Tee präsentiert? Oder König Duschmanta hat mit einem Silberlöffelchen Zucker gerührt? Nein, meine Teure, er hat ihr die Bananen aus der

Hand gefressen, die sie ihm auf einem Lotosblatt oder noch besser auf ihrem bloßen, ungantierten Patschchen ins Maul steckte. Sei versichert, es war so.«

»Meinethalben. Aber ich bin nicht Sakontala.«

»Wert wärest du's wenigstens. Und weißt du auch, daß du ihr gewaltig ähnlich siehst? Als ich sie zum erstenmal sah, nämlich im Bilde von Riedel, das auf dem Rosenstein bei Stuttgart hängt, dacht' ich mir gleich: Alle Wetter, das ist ja meine Frau! Aber was fiel ihr ein, daß sie sich porträtieren ließ – so stark dekolletiert?«

»Ich bitte mir anständige Reden aus. Unverschämter Lügner, du warst in Stuttgart auf dem Rosenstein noch lange, ehe du mich kennen lerntest.«

»Ha, ich bin erkannt! Das kommt davon, wenn die Biographien großer Männer noch bei ihren Lebzeiten erscheinen. O, dieser Brockhaus!«

»Apropos, Brockhaus. Wird man dir auch die Bücher wegnehmen?«

»Gott sei Dank, ja!«

»Alle?«

»Was sollte man übrig lassen? Etwa diese Mathematik, Logarithmik, Trigonometrie, Stereometrie, Planimetrie – Schulfutter, längst gekaut und wiedergekaut? Mein Gott, wozu das alles? Oder diese Taschendiebbibliothek – will sagen Taschenbibliothek, von der mir schon zweihundertundsechsundsiebenzig Bände im Staub ersticken? Jeder Band ein Galgen! In früheren Zeiten wären ganze Volksstämme gehenkt worden um das, was hier zusammengestohlen ist. Unser Jahrhundert hat Freipässe dafür. Ja, ja – ›Bildung macht frei‹ – ein treffliches Motto! Sogar vom Galgen und Zuchthaus macht sie frei. Fort damit!«

»Aber meine Goldschnitte! Höre, die darf man mir nicht anrühren.«

»Was sind denn diese Goldschnitte? Laß sehen. Die ›Rabbiata‹ – hm!«

»Was, hm? Ist sie nicht schön? Mir gefällt sie.«

»Bis zu einem gewissen Punkte mir auch. Die Rabbiata ist von der Jungfer in dem Stadium, wo sie noch beißt und kratzt, ein recht hübsch entworfener Studienkopf. Man begreift ohne weiteres, daß jede Frucht, ehe sie süß wird, auch ›revêche‹ gewesen sein muß. Warum das Begriffene noch weiter begreiflich machen? Aber da muß die Rabbiata eine Mutter haben, die von dem Vater mißhandelt wird, und daher ihr Jungferntrotz gegen die Männer. Daher! Man fällt aus den Wolken. Fragt man eine Statue, zum Beispiel der Venus oder des Apoll, wer ihre Eltern sind? Eine Gestalt ist sich ihr eigenes Motiv, wie ein Baum, eine Blume, wie ein Ding der Natur. Wer braucht eine Erklärung dazu? Eine Natur erklären! Es heißt ein Motiv motivieren!«

»Weißt du was? Biete du dich der Kommission als Schatzmeister an. Da behalte ich doch meinen Büchertisch, denn du, du gibst wahrscheinlich gar nichts dafür. Laß mir den ›Ahasver in Rom‹ liegen. Mir scheint, du suchst dir schon wieder neue Beute.«

»Sei ruhig. Ich krümme ihm kein Haar seines eisgrauen Schädels. Nur wundere ich mich, warum er überhaupt schon so eisgrau ist. Beim Tode Christi kann er noch ein junger Mann gewesen sein, denn die Legende zwingt nicht mit der leisesten Spur, schon sein damaliges Alter als hoch anzusetzen. Hab' ich aber das Recht und die freie Hand, ihn bei der Kreuzigung Christi für jung zu halten, so war er dreißig Jahre später, nämlich in den Tagen des Nero, noch ein rüstiger und lebenslustiger Fünfziger. Und darum Räuber und Mörder? Und darum schon jetzt dieses urgreise Todesgestöhn? Ich habe diese Gedankenlosigkeit des Verfassers und all seiner Leser nie genug anstaunen können. Das Gedicht dichtet auf einen Begriff drauf los, der noch gar nicht da ist, der einstweilen noch Phrase ist. Als ob man bloß Ahasverus zu heißen brauchte, um schon die geborene Phrase des Alters zu sein!«

Frau Hermine lachte auf.

Landolin fuhr fort:

»›Ich reite in den Siebenjährigen Krieg‹, sagte Friedrich der Große und ebenso Drolliges sagt buchstäblich dieses pathetische Gedicht. Der ewige Jude kann noch gar nicht wissen, daß er der ewige Jude ist und daß Christi Fluch sich bereits zu erfüllen anfängt. In den

Tagen Neros würde ihn noch kein Minister in den Ruhestand versetzen, wenn der Schuster General oder Professor wäre.«

»Uns Frauen kann es gleichgültig sein, wenn sich die Männer mutwillig alt machen,« sagte Frau Hermine.

»Wenn nur die Frauen jung bleiben, denkst du dabei im stillen. Und da hast du recht. Da ist dieser ›Ahasver in Rom‹ der rechte Mann für euch Frauen. Er hat euch ein ganz neues poetisches Motiv auf den Leib geschrieben – die Poesie der badenden Großmutter.«

»Aber nun hörst du mir gleich auf!«

»Neros Mutter, Agrippina, könnte ganz bequem Großmutter mehrerer Enkelkinder sein. Und doch ewig jung, ewig schön, je mehr Jahre, desto mehr Jugend und Schönheit – so spricht jeder Wassertropfen, der an ihr herabrinnt! Es ist zum Entzücken.«

»Und es kann auch wahr sein!«

»Aber hier hätte Heine, oder überhaupt ein Dichter, die Tonart geändert und der koketten Großmutter mit Grazie ein bißchen die Zunge herausgestreckt. Hier ist sie sterblich, die alternde Frau. Hier war die Bewunderung ein wenig mit der Satire zu vertauschen, hier muß der Stoff, der mit einigen Reizen gefangen nahm, die Sinne wieder freigeben und dem Kenner, dem Weltmann, kurz, dem geübten Künstler ein ironisches Lächeln abgewinnen. An nichts erkennt man gewisser den Dichter, als daß er im rechten Augenblick spottet, nämlich seine Humorfreiheit an sich nimmt, wahrend der Schüler diesen Wechsel der Stimmung nicht wagt und immer feierlich sein will und sich die Andacht nicht hoch genug spannen kann.«

»Welcher Dichter es dir wohl recht machen könnte?«

»Ich charakterisiere ihn ja. Aber es muß keiner sein, der ein großmütterliches Modell in Bausch und Bogen anschwärmt wie ein Primaner.«

»Solche Reden verbiete ich mir.«

»Mangel an Modellstudien! Das klagen wir auch in Düsseldorf und bei den zeichnenden Künsten. Aber dem Verfasser des ›Ahasver‹ könnte geholfen werden. Wäre ich sein Landesherr, ich machte ihn zum Badeinspektor in Pyrawarth, was ein Frauenbad kinderloser, also wohl ältlicher Damen ist, damit er seine Ideale ...«

»Fido, faß!«

»Das hat die Welt nicht gesehen! Meine eigenen Hunde auf mich zu hetzen! Wie erstaunt er uns anschaut! Das kluge Tier! Man muß sich schämen; er denkt sicher, wir zwei sind verrückt geworden. Komm, wir wollen ihm sein armes Konzept wieder zurechtsetzen.« Und Landolin faßte sein Weibchen am Kopfe und küßte es um und um.

In diesem Augenblick klopfte es an die Tür. Frau Hermine schrak auf, Landolin aber rief fest und sonor: »Herein!«

Es war ein Dienstmädchen aus dem Orte.

»Meine Madame täte schön bitten,« sagte sie, »ob Sie uns eine Teetasse leihen möchten. Wissen Sie, etwas Apartes, zum Staatmachen. Da ist mit dem Dampfschiffe just eine Lady aus England angekommen – ich kann ihren Namen nicht aussprechen; die Engländer, wissen Sie, haben alle so verzwickte Namen. Unsere Madame war früher Gouvernante dort. Und da ließ sich die Lady herab und machte uns einen Besuch und die Madame meint, unser Geschirr wäre zu geringe; ihre schöne Hochzeitstasse hat nämlich der Karl zerbrochen.«

Landolin antwortete: »Mein Kind, Sie stehen nicht auf der Höhe der Situation. Eine Tasse ist viel zu wenig. Ein ganzes Service müssen Sie haben. Es handelt sich um die deutsche Nationalehre. Wir müssen den Engländern imponieren, seit wir ein einiges Kaiservolk sind. Hermine, gib ihr das Sèvreporzellan und das Silberzeug. Brauchen Sie sonst etwas? Haben Sie guten Kaffee? Aber Lady Mixtedpikles liebt vielleicht Tee. Hermine, gib ihr unser Pfund Spitzentee. Ich beschwöre Sie, sorgen Sie für ausgezeichnetes Backwerk! Ich selbst bin leider nicht Bäcker – aber feine Konfitüren haben wir. Hermine, gib ihr ein paar Gläser Mirabellen, Reineclauden, Exdrate und Ananas. Sonst brauchen Sie nichts? Etwa seidene Strümpfe, Manschetten, Chemisetten, Gardinen und Bettwäsche? Nichts?«

Das Mädchen machte ein Gesicht, in welchem deutlich zu lesen stand: »Ach ja, der Herr Landolin hat einen Sparren, wir sagten es längst!« Auch Frau Hermine stutzte. Aber Landolin blieb vollkommen ernsthaft. Er legte selbst Hand an und übergab dem Mädchen im vollsten Überflusse die Gegenstände zu einem Gouter. Noch in der Tür bedauerte er unter herzlichen Grüßen an die Madame, daß sie nicht auch einen Zobelpelz, ein Schreibpult, ein paar Lütticher Pistolen und ein Fortepiano brauche.

Als sie fort war, sagte Landolin:

»Wer zum Henker kann so schofle Gedanken haben? Ich hätte mir's nicht im Traume einfallen lassen, der Pfändungskommission eine Teetasse aus dem Wege zu räumen. Aber wenn die Gelegenheit selbst dazu anklopft, so bedaure ich wirklich, daß ich nicht alles, was beweglich ist, um die Ecke schicken kann. Das ganze Haus möcht' ich jetzt ausleihen. Eigentlich liebe ich ja solche ungesetzliche Aufführungen.«

»Jetzt verstehe ich dich,« antwortete Frau Hermine. »Aber wie unpraktisch ihr Männer seid! Wenn du das wolltest, so hätten dir statt Zobelpelz und Lütticher Pistolen doch eher unsere feinen damastenen Tafeltücher einfallen können. Was hilft Silber und Porzellan, wenn statt eines appetitlichen Kaffeetuches etwa ein verblichenes und ausgebessertes ...«

»Herzensweib! Harmonie! Dreiklang! Gretchen, kommen Sie herauf! Sie haben was vergessen. – O, was für ein Segen ist die Eintracht der Ehe! Zwei Seelen und zwei Herzen, ein Gedanke und ein Schlag. Ach nein, zwei Gedanken und ein Schlag oder zwei Seelen und ein Schlag oder zwei Herzen und ein Gedanke; wie setzt man nur diese Dominosteine aneinander? Ich hab's vergessen. Kurz, du bist ein Engel. – Gretchen, machen Sie schnell! Aber brechen Sie nichts!«

Das Dienstmädchen stand wieder da.

»Gretchen, Sie werden eine schlechte Hausfrau. Es tut mir leid, aber Sie sind unpraktisch, Gretchen. Warum vergaßen Sie, daß Ihre Madame ein feines damastenes Tafeltuch braucht? Ja, ja, sie braucht ein Tafeltuch, zweifeln Sie nicht daran! Hermine, gib ihr eins heraus! Aber was sag' ich eins? Gib ihr ein halbes Dutzend. Es ist wegen der Farbenwahl. Vielleicht kann Lady Mixedpikles wie Büffel und Puterhähne das Rot nicht vertragen oder das Blau macht ihr hysterische Krämpfe oder das Safrangelb berührt schmerzliche

Saiten in ihrem Innern. So, nehmen Sie. Und seien Sie fein praktisch, Gretchen! Nur häuslicher Verstand und ein Sparkassenbüchel erwerben der Jungfrau einen Mann, sagt Salomo. Gott mit Ihnen Gretchen!«

»Glaubst du, sie werden mir auch das Linnenzeug nehmen?« fragte Frau Hermine einigermaßen nachdenklich.

Landolin antwortete:

»Das Linnenzeug einer Frau ist etwas sehr Hübsches. Ich hatte stets eine gewisse Schwachheit dafür. So eine Pfändungskommission aber ist noch schwächer, sie nimmt es auch aus der Spinde.«

»Mein Gott, aber man braucht es ja! Meine Leibwäsche werde ich doch behalten?«

»*Je n'en vois pas la nécessité*. Siehe, mein Kind, wie schön ist die Mythologie! Welch eine Schatzkammer für Poeten und Künstler! Aber die Mythologie fängt erst an, wo die Leibwäsche aufhört. Oder hätte der große Schätzmeister Paris seine berühmte Kommission überhaupt anfangen können, wenn das Trousseau der Göttinnen nicht früher aufgehört hätte? Es war gleich das erste, was ihm zum Opfer fiel.«

»Lando, du bist ein Buffon. Sage mir, tuschiert dich die Geschichte denn gar nicht?«

»Sollte ich mutloser sein als ein Weib? Ich bewundere schon längst, mit welch schöner Gemütsruhe du an dieser Puppe herumflickst. In einem so kritischen Augenblicke! Du kommst mir vor wie jener Römer, welcher seine blanken Friedrichsdor für ein Grundstück bezahlte, worauf soeben Hannibal mit seinen Mitrailleusen stand. Das ist jenes stille weibliche Heldentum, wovon die männlichen Hasenfüße so schön deklamieren. Die Puppe wird wirklich hübsch. Du hast dir recht Mühe gegeben. Und noch dazu für ein fremdes Kind! Mit welch mütterlicher Inspiration wirst du erst für ein eigenes arbeiten!«

»Laß uns vernünftig sein, Lando. Ich bin wirklich so ruhig nicht, als es scheint. Und wenn ich es bin, weißt du, warum ich es wäre?«

»Nun?«

»Ich denke mir was.«

»Das erste Weib, das im Denken Trost findet! Aber was denkt sich das nußbraune Köpfchen?«

»Ich denke mir, du sagst mir nicht alles. Du hast was im Hinterhalte.«

»Zum Beispiel?«

»Irgend eine Ressource, einen Ausweg, einen heimlichen Fonds.«

»Es ist wahr, ich bin ein großer Kapitalist.«

»An Narrheiten?«

»Ich rede nicht vom Stammkapital, nur vom Betriebsfonds.«

»Wie treibst du's also?«

»Glorios! Ich bin einer der tugendhaftesten Charaktere. Ich habe zeitlebens unendlich viel Gutes getan. Ich habe Wohltaten ausgestreut auf all meinen Wegen durch Europa und Afrika. Was Wunder, wenn einer käme und sagte: ›Landolin, altes Haus, du hast mir aus schändlichem Pech geholfen; da hast du eine Million‹.«

»Ist das alles?« »Du bist schwer zu befriedigen. Heidnisches Weib, gilt dir ein Guthaben bei Gott nichts? Und wieviele Wechsel habe ich auf dieses Haus! Lauter tausendprozentige, Vergeltsgott-tausendmalige.«

»Ich bitte dich, sage mir nichts von Wechseln, das Wort macht mir übel!«

»Du hast recht, es ist viel Schwindel bei dem Geschäfte. Da war aber einmal ein Armer, der mir kein Vergeltsgott sagte, und dieses Vergeltsgott war mir das liebste. Ich weiß nicht, ob ich nicht abergläubisch darauf bin. Ich werde den Mann nie vergessen.«

»Ei, laß hören, Lando, wie war das?«

»Ich ging von Stuttgart nach Degerloch hinauf. Es war im Hochsommer und um die Mittagsstunde. Die schändliche Hitze kann sich kein Mensch vorstellen. Ich weiß heute noch nicht, was mir einfiel, daß ich diesen Weg zu Fuß angetreten – ich muß sehr zerstreut gewesen sein. Auf der Mitte des Berges aber merkte ich erst, in was für ein Unglück ich mich gestürzt. Ich brannte am ganzen Leibe; ich brannte wie eine Ballettänzerin, die den Lampen zu nahe gekommen und in Flammen aufgeht. Ich blickte sehnsüchtig nach einer Feuerspritze aus.«

Frau Hermine lachte belustigt.

Landolin fuhr fort:

»Du hast leicht lachen, herzloses Weib; dein blühender Gatte, in Kraft und Jugend strotzend, hielt es freilich noch aus. Aber hättest du den alten, knöchernen Mann gesehen, der droben bei der letzten Straßenkurve an der wackeligen Weinbergsplanke lehnte und keuchte! Wie sein schneeweißes Haar im Schweiß an den eingesunkenen Schläfen klebte! Wie sein Brustkasten arbeitete, sein ganzer Leib zitterte! Wie sein Auge, voll Leiden und Vorwurf, zu sagen schien: Es ist zu viel! Nie habe ich einen solchen Menschenblick gesehen. Tiefste, innigste Lebenssattheit! Ich blieb stehen und sagte: ›Aber, Alterchen, was fällt Euch ein, in solcher Hitze solche Gänge zu machen?‹

›Ich habe ein Haus in Stukkert,‹ antwortete er, ›da bekomme ich alle Montag einen Sechser.‹

›Solche Gänge für einen Sechser!‹ rief ich.

›Und heute erhielt ich ihn nicht einmal,‹ sagte der Greis. ›Ich hörte eine neue, fremde Stimme im Vorzimmer, welche schalt und schnaubte; habe ich recht gehört, so zankte ein Sohn, der angekommen war, wie viel ihm sein Vater verschwende. Da retirierte ich und 's war wohl zum letztenmal heute. Ich kann's schon nicht mehr dermachen!‹

Du begreifst, daß ich mein Portemonnaie stürzte und ihm geschwind die Hand mit den Münzen füllte. Aber nun werde ich nie vergessen, wie er das aufnahm. Wie ihm die Hand so plötzlich von Silber strotzte, hob er sie hoch gen Himmel und redete in den Himmel auf: ›Du lieber, alter Gott, ich danke dir, daß du mich doch nicht ganz vergessen hast!‹ Das überraschte mich. Er dankte nach oben, nicht mir dankte er! Und so stand er und hielt eine Weile die Hand himmelan, gleichsam als wollte er droben zeigen, daß hier unten ein Auftrag von oben vollzogen worden. Es handelte alles zwischen ihm und Gott. Ich selbst war mir nichts weiter als ein Mensch, welcher Geld schenkte, ihm aber war ich ein Bote Gottes, ein Werkzeug des Himmels, und sah mich auf einmal von meiner staubigen Degerlochstraße an die höchsten Mächte angeknüpft. Ich schlich mich sachte hinweg und er sah sich auch gar nicht nach mir um, so wenig wie nach einem Raben, der ihm gesendet worden, aber indem er weiter wankte, hielt er noch lange Hand und Haupt wie ein Begeisterter nach aufwärts gerichtet. Ich habe mich an diesen seltsamen Alten noch oft erinnert und meine zuweilen, es war eine Art von Segen dabei.«

»Ich meine es auch,« sagte Frau Hermine still und ernst. »Hast du noch mehr solche Kapitalien? Sie fangen mich zu interessieren an.«

»Solche nicht, aber andere in Hülle und Fülle.«

»Also andere! Fahre nur fort, mir deine Reichtümer zu zeigen.«

»Soll ich dir erzählen, wie ich einmal einer Katze das Leben gerettet? Sie hatte sich verstiegen – es war auf dem Stephansturm in Wien – und saß, kläglich miauend, auf einer gotischen Spitzsäule. Die Leute gafften, die Buben warfen mit Steinen nach ihr, ein Bürger vor seinem Laden sagte: ›Das arme Vieh! Man soll sie herunterschießen; sie muß ja verhungern dort oben.‹

›Nein,‹ sagte ich, ›herunterholen soll man sie, es soll einer mit Leitern und Stricken hinauf!‹

Der Mann sah mich an und die guten Wiener um mich her lachten; sie mochten denken, es sei ›halt gar g'spaßig‹, einer Katze wegen solche Umstände zu machen. Ich aber nehme fünf Fünferscheine in die Hand – ich hatte sie just im Spiel gewonnen – widerwillig, denn seit einer gewissen Gelegenheit spielte ich höchstens noch zwangsweise und kein Gewinn freute mich mehr. Ich schwenke also die Banknoten in die Höhe und proklamiere einem verehrungswürdigen Publikum: ›Wer mir die Katze vom Turme holt, der kriegt die fünfundzwanzig Gulden!‹ Den Preis gewann ein Zimmermann, der just von seiner Arbeit kam und im Vorbeigehen in den Auflauf hineingeriet. Er ließ sich mein Wort geben, daß ich's im Ernst meine; ich schlug ein und hochpreisliches Publikum war Zeuge. Der Handel galt. Der Zimmermann verfügte sich hierauf zum Sakristan der Domkirche und nach einer Viertelstunde voll Spannung krabbelt's aus einer Turmluke heraus. Ein Mann läßt sich auf einem Seile herab, es ist der Zimmermann. Augenblicklich ersieht die gescheite Katze ihren Vorteil, springt ihm auf den Buckel, der kühne Retter windet sich hinauf und erreicht glücklich die Turmluke. Fünf Minuten habe ich die Katze und er sein Geld. Im Publikum aber rief jetzt ein Junge: ›O je, das ist ja die Katze von der englischen Herrschaft im Hotel Munsch; ich bin Unterstiefelputzer beim Hausknecht und kenne die Katze!‹ Der Junge hatte ein offenes Gesicht, es war ein hübscher Empfehlungsbrief.

›Nun, so bringe sie deiner Herrschaft und verdiene dir ein Trinkgeld,‹ sagte ich und übergab ihm meine Klientin.«

Frau Hermine lächelte.

»Das Abenteuer ist recht hübsch und ging für die Katze sehr gut aus; aber – zählst du es auch zu deinen Kapitalien?« »Und warum denn nicht?« antwortete Landolin. »Da sieht man euch Christen! Ihr glaubt an einen Gott, aber nur an einen Gott der Menschen; wir, die wir an einen Gott alles Lebens glauben, heißen euch Ungläubige.«

»Du kannst recht haben,« sagte die Frau aus Neufchâtel. »Im Museum zu Bern, wo er jetzt ausgestopft steht – mein edler Landsmann, der Bernhardiner Held, der Hund Barry, der siebenzehn Menschenleben gerettet bat, sah ich einst einen Fremden, welcher den Hut vor ihm zog. Eine Engländerin bot fünfzehn Guineen für eine Zottellocke von Barrys Fell, aber der Kustos sagte die klassische Antwort: ›Madame, dieses Hundefell könnte der Schweiz mehr wert sein als das Goldene Vlies, so viele Angebote werden uns gemacht. Aber es gibt keinen Preis, um den wir unseren großen Toten verstümmeln.‹«

»Bravo! Der Mensch ist nie schöner, als wenn er gegen das Tier gerecht ist; gegen die eigene Gattung ist's doch nur ein idealer Egoismus.«

»Also die Katze wird zu deinen übrigen Kapitalien feierlich intabuliert,« sagte Frau Hermine und reichte ihrem Manne mit einem freudigen Blicke die Hand. »Aber fahre fort, mein lieber Kapitalist!«

»Auf deine Verantwortung! Denn wirst du's vertragen, daß ich auch einmal ein schlechter Kerl war und einen falschen Eid geschworen habe?«

»Oho, das glaube ich dir nicht!«

»Siehst du! Es ist unglaublich und doch ist es wahr. Ich gab ein falsches Zeugnis, bekräftigte es mit einem Eid und verführte auch andere dazu. Kurz, ich war ein schlechter Kerl, wie die Gewürzkrämer sagen, und die Gewürzkrämer müssen es wissen.«

»Dahinter steckt etwas. Du schreckst mich nicht ab. Erzähle es nur!«

»Die Geschichte war diese,« fing Landolin an. »Als ich mein Militärjahr abdiente, hatten wir einen kleinen, angenehmen Abendzirkel von Landwehr- und Linienoffizieren, in welchem aber leider zuweilen gespielt wurde. Der einzige Zivilist unter uns war der Buchhalter Nurg, ein Mensch, der uns eigentlich nicht ganz angenehm war, aber es gab Gründe, ihn zu dulden. Mein Liebling dagegen war der junge Leutnant Alexander von Korth. Ein deliziöser Kerl! Ganz Herz, Leichtsinn und Großmut. Seine Geliebte war die Tochter des reichsten Bankiers in der Stadt, eine Perle von einem Mädchen und die glücklichste Wahl, auch ohne ihr Geld. Mein Freund schwamm in Jubel und Seligkeit. Eines Abends verlor er stark. Er schlug's in den Wind, wie gewöhnlich, wir zechten noch scharf und gingen gottvoll nach Hause. Als ich ihn morgens besuchte, fand ich ihn erhenkt. Er hing mitten in seinem Zimmer vom Plafond herab am Haken einer großen Astrallampe. Ich schnitt ihn ab, er war noch ganz warm. Ich machte Belebungsversuche und sie gelangen auch. Als er die Augen wieder aufschlug, war sein erstes Wort: ›Das hat man davon, wenn man sich erhängt statt erschießt. Aber mein Bursch war immer in meine Brüsseler Pistolen verliebt, die sollte er zum Andenken haben und so durfte ich mich freilich nicht erschießen damit, denn das hätte ihm den Spaß ja verleidet.‹ Was sagst du zu diesem Zug? Da hast du den ganzen Mann. Noch im Tode dachte er an die Schonung und die Freude eines anderen!

›Korth,‹ rief ich aus, ›was fiel dir ein, dich um fünfhundert Taler zu erhängen?!‹

›Lando, du bist auf ewig blamiert,‹ antwortete er, ›daß du an meinen Spielverlust denkst. Der Verlust meiner Braut ist's. Da lies!‹

Die Sache war also diese. Sein gestriger Spielverlust war dem Bankier verraten worden und dieser schickte ihm morgens die Absage. Er wolle keinen Schwiegersohn, der an einem Abend ein halbtausend Taler verspiele. Für solche Herren habe er seine Tochter nicht. Ich ließ meine Augen noch in dem Billet stecken, dachte aber längst an was anderes. Ich dachte an Wiederherstellung und sollte es biegen oder brechen. Konfus war's, verzweifelt, am wenigsten ritterlich. Darum schwieg ich auch und sagte bloß: ›Alexander, gib mir dein Wort, daß du vierundzwanzig Stunden leben bleiben willst.‹

›Ohne die Berta keinen Augenblick!‹

›Behandle mich nicht schlechter als deinen Burschen! Dem schenkst du die Brüsseler Pistolen, schenke mir vierundzwanzig Stunden. Ich muß sie haben. Die fünfundzwanzigste gehört wieder dir.‹

Er stutzte, ich hatte ihn richtig gepackt. Ich erhielt die Frist. Jetzt nahm ich einen Wagen und fuhr bei den Kameraden herum. Wer kann's gewesen sein, der ihn verraten? Allgemeine Bestürzung. Aber ein Gesicht so ehrlich wie das andere, der ganze Zirkel ist rein.

›Also hört mich, ihr Herren! Da ist nur eins zu tun. Wir rücken dem Bankier vor die Bude und geben ihm Mann für Mann unser Ehrenwort: die ganze Spielgeschichte ist erlogen. Wahrscheinlich eingebrockt von einem Nebenbuhler, der ihn stürzen will.‹

›Unmöglich! Ein Ehrenwort auf Lügen! Lando, was fällt dir ein?‹

Da wurde ich heiß.

›Zum Teufel mit Vorurteilen! Seid mir nicht alte Weiber! Was sind Kriegslisten anderes als Lügen? Wenn ich einen Scheinangriff auf den Punkt A mache, um den Punkt B zu überrumpeln, was sonst als erlogen war's? Ein Judas, wer für den braven Kerl nicht lügen kann! Was soll's jetzt mit ihm? Ich kann ihn nicht alle Tage abschneiden, sein Blut über euch! Noch schlimmer, wenn er am Leben bleibt, sich versauft, verlumpt – und vollends sie! Das schönste Menschenpaar, Familienglück, Kinder und Enkel – eine ganze Zukunft lebt von eurem Ehrenwort. Her damit! Für was wollt ihr's weiter aufsparen? Für Manichäer und Juden? Alles an seinen Ort und die Ehrenpunktsfaxen an den ihrigen! Schwört Tänzerinnen ewige Treue, schwört Wechselreitern Zahlung und werft sie hinaus am Verfalltag, aber diesen Philister werdet ihr dann auch noch herumschwören. Es ist ja wahr, daß der Zweck die Mittel heiligt, nur muß der Zweck selbst heilig sein! Und welcher wär's mehr als der unsrige! Vorwärts, Männer, und den braven Jungen herausgehauen! Drauf und dran auf den Philister, ich blase zum Sturm. Wer folgt mir? Freiwillige vor! Mir nach, wer ein Herz hat und kein Brett vorm Kopf! Hängt eure Vorurteile an den Nagel, an den unser Kamerad sich gehängt hat, und lügt und rettet ihn! Er ist's wert. Er tät' es auch für euch, für jeden von uns!‹

Kurz, ich weiß nicht, was ich redete, aber ich rede Kieselsteine entzwei, wenn ich anglühe. Und der kräftigste Vorstoß ist immer das eigene Beispiel. Daß ich selbst tun wollte, was ich den anderen abdrang, wirkte entscheidend. Am Ende genügte schon ihr passiver Beistand, wenn ich als Wortführer vortrat. Ich gewann also drei unseres Kreises und darunter zwei Namen, die zu den edelsten zählten. Der Bankier empfing uns höflich, aber kalt und mit festester Sicherheit.

›Ich bitte die Herren, überzeugt zu sein, daß meine Quelle über allen Zweifel erhaben ist.‹

›Wenn ein Bürger von einem so ausgezeichneten Ruf der charakterfestesten Rechtlichkeit dieses gewichtige Wort spricht, so ist es erprobt wie Gold. Nur muß die lautere Quelle dann selbst aus einer trüben Quelle geschöpft haben. Sie hat auf Treu und Glauben nachgesagt, aber sie hat nachgesagt! Die Hand in Ehren, aber es muß die zweite Hand sein!‹

Der Bankier schüttelte leise den Kopf.

›Es ist die erste,‹ murmelte er.

›Dann ist es Nurg!‹

Er sagte nicht Nein und sein Schweigen bejahte.

Jetzt galt's meine Rolle. Ich erwiderte:

›Der Mann ist unser täglicher Tischgenosse und die Quelle freilich klassisch. Ich wußte es ja, daß kein schlechterer als ein solcher Schein, ein Schein, der wie ein direkter Beweis aussieht, den exaktesten Rechner unserer Stadt zu einem falschen Kalkül verleiten konnte. Also Nurg! Jetzt gilt es nur noch, die Hand zu kennen, die mit dieser Schachfigur spielt. Irgend ein Nebenbuhler hat den armen, unglücklichen Mann bestochen, daß er eine Verleumdung, die der Ruin eines menschlichen Glückes und ein moralischer Tod ist, bei Ihnen anbringen solle. Grenzenlose Verblendung! Wußte Nurg nicht, daß er´sein falsches Zeugnis uns unter die Augen zu wiederholen haben wird? Rufen Sie ihn gefälligst! Es wird doch sehenswert sein, mit welcher Stirn er uns vieren das bübische Fünfhunderttalermärchen ...‹

Der Bankier stutzte.

›Wie? Sie können ihn Aug' in Aug' Lügen strafen?‹

›Was sonst? Zu keinem anderen Zweck sind wir hier!‹

›Ja, meine Herren, wenn es so steht! Aber ich begreife nur nicht ...‹

›Fordern Sie also den armen Sünder vor! Wir begreifen ja selbst nicht, welcher Satan sein Spiel mit ihm treibt. Er soll bekennen!‹

Der Bourgeois verneinte.

›Ich liebe solche Szenen nicht. Ihr Antrag auf Gericht ist ja das Gericht selbst wert. Wozu es durchspielen?‹

Das klang mir wie Tafelmusik! Jetzt erst fühlte ich ganz meine Sicherheit und benützte sie sofort. Ich griff den Ton hoch und sagte:

›Pardon, Herr Kommerzienrat, ich muß unseren Antrag auf das bestimmteste wiederholen. Es kann uns mit nichten genügen, hinter Nurgs Rücken die Wahrheit zu konstatieren, wenn Nurg zu lügen fortfahren wird. Es ist nur allzu klar, daß er das Werkzeug eines gegen Korth intrigierenden Nebenbuhlers ist. Nun, eines Tages könnte das Werkzeug besser arbeiten, die Intrige feiner als heute sein. Wir müssen die Person dieses Anstifters kennen. Wir müssen die Quelle seiner Umtriebe auch für die Zukunft verstopfen.‹

Der Bankier lächelte.

›Keine Sorge, meine Herren! Ich schicke Nurg, der jetzt nicht anwesend ist, noch heute seine Entlassung und lasse noch heute die Verlobung meiner Tochter mit Herrn von Korth feiern. Ich kann dem ehrenwerten Kavalier, der das Opfer einer beispiellosen Erdreistung geworden, keine bessere Genugtuung geben.‹

Glückauf, es war gelungen! Wir machten uns jetzt noch an Nurg und stellten ihm die Wahl, entweder mit jedem von uns sich zu schießen oder fünftausend Taler zu nehmen und sofort nach Amerika zu gehen. Natürlich zog er das letztere vor und wir schossen das Geld, das uns Korth später erstattete, einstweilen unter uns zusammen. So ist alles das Geheimnis von ein paar Männern geblieben und auch einem Weibchen am Rhein erzähle ich's heute nur, weil Korth schon längst fern von Madrid auf einem Rittergut in Posen sitzt, wo er in glücklichster Ehe mit seiner Berta lebt. Sein Haus ist ein Engelnest, das sich fast Jahr für Jahr um ein Köpfchen vermehrt – und das alles wäre erhängt, wenn ich kein schlechter Kerl gewesen wäre, der gelogen und falsches Zeugnis gegeben hat. Ja, ja, mein Kind, die Ehre deines Mannes hat ein Loch!« »Wie Schlachtfahnen von Kugeln durchlöchert sind!« rief Frau Hermine und flog an den Hals ihres Mannes. »Lando, warum hast du mir diese Geschichte nicht an unserem Hochzeitstag erzählt? Wer so einen Freund lieben kann, wie muß der seine Frau lieben! Ewig, ewig glaube ich an deine Liebe!«

»Und das Gericht glaubt an meine Bürgschaft und Unterschrift. Wie das so hübsch zusammenstimmt!«

»In die Hölle gehe ich für dich!«

Die junge Frau war ganz Feuer. Sie hing an dem Munde ihres Mannes und umklammerte seinen Nacken. Die isabellfarbene Doge räckelte sich, sprang dem Paare mit den Vorderfüßen auf die Schultern und leckte die Zunge.

»Der Fido wird auch sentimental,« lachte Landolin, der, wie alle Menschen von starkem Gefühl, gegen das Gefühl demonstrierte. »Nein,« fuhr er fort, »mit diesem Rührstück dürfen wir nicht schließen. Und wenn du schon einen Falschschwörer so feurig liebst, so wirst du auch einen Stiefeldieb in dein Herz schließen. Ich muß dir noch die Geschichte erzählen, wie ich in Pesaro ein paar Stiefel gestohlen habe.«

Frau Hermine lachte sich Tränen in die Augen.

»Jetzt will er gar noch ein Stiefeldieb sein!«

Landolin sagte beleidigt:

»Wer sich nicht zu der Höhe meiner Taten aufschwingen kann, mit dem habe ich kein Wort mehr zu reden.«

»*A dieu ne plaise*!« rief die junge Frau. »Ich küsse in Demut deine gestiefelten Lorbeeren. Laß sie mich anbeten! Heraus damit!«

»In Pesaro,« erzählte Landolin, »im Café de la Fogna, wo viel lustiges Blut sich zusammenfand, amüsierten mich ein paar prächtige Burschen, ihres Zeichens Juristen und Hungerleider, durch die brillantesten Fechterkünste ihrer Profession. Der eine war Substitut des öffentlichen Anklägers, der andere war gar nichts. Beide aber sprühten von Genie. Ich werde in allen Justizbuden der Welt nicht mehr so viel Geist, Witz, Scharfsinn, Originalität, Findigkeit, behende Schlagfertigkeit, einen so angeborenen üppigen Überfluß aller rabulistischen Künste vom Gemeinsten bis zum Höchsten, vom Lächerlichsten bis zum Ernstesten und oft wahrhaft Großartigen vereinigt finden als wie in der lustigen Schundgrube zu Pesaro. Das Nest war das Absteigequartier der Advokatenzunft von nah und fern, selbst Berryer hat es eines Tages auf der Durchreise nicht verschmäht, in der Schundgrube zu Pesaro das Handwerk zu grüßen. In dieser Spelunke habe ich nicht nur mein Italienisch ausgebildet, sondern die Italiener selbst kennen gelernt, das Feuer, die Helligkeit, die Genialität dieser südlichen Köpfe, und daß sie von Papinian bis Macchiavell im Rechtswesen zu Hause sind wie die Holländer im Wasser. Unvergeßliche Stunden verdanke ich meinen zwei Lieblingen. Sie improvisierten Prozesse und plaidierten das Für und Wider, daß es Turniere gab, welche alle Welt entzückt hätten; aber während sie nichts dabei dachten, als sich eine hungrige Stunde bei einer Tasse schwarzen Kaffee zu vertreiben, dachte ich mit meinem gründlichen deutschen Gefühl an ihr Lebensglück. Ich dachte unaufhörlich daran, durch welche Mittel es möglich wäre, diese Sterne leuchten zu lassen und ihrem Genie Bahn zu brechen.«

»Gibt es denn keine Prozesse in Pesaro?«

»Liebes Kind, ein Prozeß, der Aufsehen macht und seinen Mann auf einen Ruf poussiert, ist ein seltener Bissen. Und wer weiß, ob in Pesaro sogar der Halsbandprozeß Aufsehen gemacht hätte? Nein, ich dachte an gar nichts Großes und Wichtiges, sondern bloß an einen volkstümlichen Spaß. Es steckt im Italiener solch ein Geist der Buffonerie und bei aller Feuergärung des cholerischen Temperaments ein so naiver, kindischer Spielsinn, daß ich mir nie etwas anderes denken konnte, um die Volksphantasie dieser Naturkinder zu packen, als zum Beispiel den berühmten Prozeß um den Schatten des Esels.«

Frau Hermine lachte.

»Warum nicht gar! Was ist denn das wieder für ein Spaß?«

»*Mon Dieu*, hat euer Hinterländchen Neufchâtel von diesem unsterblichen Weltprozesse nichts gehört? Das ist ja merkwürdig! Nun, ein Mann mietete einen Esel und benützte ihn unter Begleitung des Eseltreibers zu einem Gang über Land. Unterwegs war es heiß und schattenlos, der Mann hält an, um im Schatten des Esels ein wenig auszuruhen. Dasselbe aber will auch der Eselstreiber. Da entsteht ein heftiger Streit zwischen den beiden.

›Wer den Esel gemietet hat, dem gehört auch der Schatten,‹ behauptet der eine.

›Nicht dran zu denken!‹ widerspricht der andere; ›ich habe den Esel nur zum Lasttragen vermietet, nur seine Arbeitskraft. In allem übrigen ist der Esel mein Eigentum, folglich auch der Schatten, den er wirft. Den Schatten habe ich nicht vermietet.‹ So streiten sie hin und her, an einen Ausgleich ist nicht zu denken. Sie eilen zum nächsten Friedensrichter. Der kratzt sich den Kopf und findet den Kasus ungeheuer schwierig. Kurz, der Prozeß kommt bei allen Richtern herum, alles Volk nimmt daran teil, das ganze Land teilt sich in Schatten und Esel. Ich glaube, diese Geschichte hat schon im Altertum gespielt, vielleicht gar nicht gespielt; kurz, dem Volke ist sie zum Modell und Muster geworden, wie ein Prozeß aussehen muß, der den Gelehrtesten Kopfzerbrechen kostet und den die Geringsten und Einfältigsten auch noch verstehen. Und ein solcher Prozeß, meinte ich, wäre eben das Rechte auch für Pesaro und meine guten Freunde.

In der Tat fand ich, was ich suchte, und zwar durch einen Zufall, der unversehens und von einer ganz anderen Seite her mir entgegenkam.

Ich hatte eines Abends spät im ersten Hotel des Städtchens zu tun – das heißt, ich hatte dort ein Stelldichein. Auf einmal tönt's von einem gellenden Krampfhusten über uns – o weh, das ist die schlaflose und hustende Großmutter. Es kommt näher und näher, sie humpelt die Treppe herab – was sucht sie im unteren Korridor?

Sofort springe ich auf, mache mich fertig und bin zur Tür hinaus. Jetzt mag sie kommen. Kaum wage ich, hinter mich zu blicken. Als ich es doch tue, steht die Alte, eingewurzelt wie eine Salzsäule, und stiert mir durch die Länge des dunkelbeleuchteten Ganges unverwandt nach. Ich bin nicht sicher, was sie gesehen hat, was nicht. Voll Verzweiflung blicke ich um mich her, ob es irgend etwas zu stehlen gäbe, damit es morgen heißen könne, ein Dieb war im Korridor, und die nächtliche Schleicherei von meiner Liebsten abgelenkt würde. Nichtig! Vor einigen Passagierzimmern stehen Stiefel. Ich stehle. Nun ist's aber merkwürdig, wie viel Verstand ein Mensch in einem einzigen Augenblick haben kann. Es gibt mir einen Ruck im Innern – war's ein dunkler Instinkt oder ein lichtvoller Blitz? Genug, ich stehle ein paar Stiefel, das heißt nicht ein Paar, sondern zwei Stiefel von zwei verschiedenen Paaren. Die Alte aber kreischt, wie nur Welsche schreien können: ›Ein Dieb!‹ Wer war glücklicher als ich! Aufgesessen! Ich kannte recht gut meinen Weg aus dem Hause, aber ich rannte absichtlich verwirrt umher und wartete sehnsüchtig auf den Hausknecht, dem ich in die Arme rennen wollte. Endlich kam so ein Ungetüm, ich fühlte mich gepackt – und nun war alles gut.«

»Ich begreife kein Wort davon. Was wolltest du eigentlich?«

»Zwei Fliegen mit einer Klappe! Meine Liebste entschlüpfte dem Argwohn und meine zwei guten Freunde bekamen eine Gerichtsverhandlung, wie sie seit dem Esels- und Schattenprozeß nicht mehr da war.«

»Wieso?«

»Wenn du Richter wärest, Hermine, wie würdest du einen Dieb verurteilen, welcher zwei Stiefel von zwei verschiedenen Paaren gestohlen hat? Das Gesetz qualifiziert den Diebstahl eines Diebes nach zwei Gesichtspunkten. Welchen Schaden er anderen zugefügt hat und welchen Vorteil er für sich selbst erlangt hat. Wenn man zwei Stiefel von zwei verschiedenen Paaren gestohlen hat, so ist der angerichtete Schaden größer, als wenn man die zwei Stiefel eines einzigen Paares stiehlt. Das war mein Fall und dieser Umstand ist erschwerend. Der Dieb selbst aber kann die zwei ungleichen Stiefel auch nicht brauchen oder sehr schlecht und mangelhaft brauchen und der Vorteil, den er sich zugewendet hat, ist also geringer. Das war nun wieder mein Fall und dieser Umstand ist notwendig mildernd. Der größere Schaden und der geringere Vorteil, beides paßte zugleich auf mich. Aber jedes war der Widerspruch des anderen und diesen Widerspruch galt's nun zu lösen.

Also ein Prozeß für die gewandtesten Klopffechter, für die feinsten Haarspalter, Mückenseiher und Skrupelbohrer – kurz, ein Prozeß für meine zwei Freunde. Die ganze Schundgrube fieberte, ein Gast steckte zehn, ein Kreis den anderen an, und als man es merkte, wie gut der Zündstoff ins Glimmen kam, bliesen wir im Wochenblatt von Pesaro mit vollen Backen hinein und am Luftzug der Publizität schlug's hell in Flammen aus. Der Eselsprozeß war wiedergeboren. Stadt, Land, die ganze Provinz teilte sich in Ein- und Zweipaarige und alt und jung stritt sich auf allen Straßen um meine größere oder geringere Schuld. Das Wochenblatt aber erschien jetzt täglich.

So kam der Tag meiner Gerichtsverhandlung. Das Volk belagerte den Sitzungssaal; wer nicht im Sterben lag, trug seine Rippen zu Markt und mußte dabei sein. Kurz, es war ein Prozeß, der seinen Mann macht. Bei solchen Prozessen hat noch der mittelmäßigste Advokat das dankbarste Publikum. Er braucht nichts zu erobern, er hat Mühe, was zu verderben. Jedes Fünkchen zündet, jedes Wort kommt wie vom Dreifuß eines Orakels, wird verschlungen, herumgeredet und bleibt unsterblich.

Auf diesem Boden denke dir nun meine zwei Freunde! Endlich hatte ich sie, wo ich wollte! Aber sie übertrafen sich heute auch selbst! Mein Ankläger tat Wunder, meine doppelte Schuld zu beweisen, mein Verteidiger tat noch größere Wunder, meine halbe Schuld, ja, meine Unschuld zu beweisen. Wie zwei Kometenschweife fuchtelten sie gegeneinander, man staunte sie an wie Meteore des Himmels. Publikum, Richter, Geschworene schwammen in einem Fluidum von unausschlürfbarer Wollust und die letzteren taten ganz handgreiflich Fragen, nur um den Prozeß in die Länge zu ziehen. Und als er nun doch aus war – denn alles Irdische verhallt! – war sein Zweck glänzend erreicht. Der Ruf meiner Freunde ging an die Sterne. Sie waren die Helden des Tages. Sie hatten von nun an das Ohr der Stadt, der Provinz, Italiens. Es ging reißend vorwärts mit ihnen. Der eine ist heute Gerichtspräsident, der andere Parlamentsmitglied, Führer seiner Partei – und ich sehe den künftigen Minister in ihm!«

»Aber in Pesaro bist du ein Dieb!« sagte die empfindliche Gattin.

»Sei kein Närrchen!« lachte Landolin. »Du hörst ja, daß ich das Wochenblatt für mich hatte, und wer ein Journal hat, hat alles. Wir zogen die Geschichte ins Scherzhafte, was sie auch war, gaben das Stichwort aus, es habe sich um eine lustige Wette gehandelt, und das übrige tat der öffentliche Geist. Die Italiener verstehen Spaß. Und als ich vollends für den Armenfonds von Pesaro zweihundert Franken spendete, war ich die populärste Excellenza der Stadt. Wenn wir heute hinkommen, so finden wir offene Arme und lachende Gesichter. Der Stiefeldieb hat ein ganzes Volk unterhalten und sich selbst nicht am wenigsten. Es war der schönste Tag meines Lebens, als ich mit meinem Gendarm auf der Anklagebank saß und die Künste meiner Freunde genoß und ihr Glück voraussah. Es war ein allgemeiner Glückstag. Ich glaube sogar, der Schuster hat noch sein Glück gemacht, der auf den emphatischen Antrag meines Verteidigers über die Verwendbarkeit meiner zwei ungleichen Stiefel sein gewiegtes technisches Urteil abgab.«

»Nein, was das Streiche sind!« Der jungen Frau stand der Mund mit all seinen glänzenden Zähnlein offen.

In diesem Augenblick fiel ein breiter Schatten über den Rhein; im Westen tauchte eine schwere, schwarze Gewitterwolke über den Horizont.

»Das Ungetüm bringt uns Erlösung,« sagte Landolin zum Fenster hinaus. »Wenn ein solches Gewitter im Anzug ist, so geht die Pfändungskommission sicher nicht ab.«

Und doch wäre es besser gewesen, dieses Wort gar nicht auszusprechen, denn stärker als der momentane Trost wirkte das plötzliche Wachrufen einer fatalen Vorstellung. Die Unterhaltung, welche Landolin so glücklich in Zug gebracht, verdunkelte ein Schatten, gleichsam das Seitenstück der Gewitterwolke, welche draußen die Landschaft verdunkelte.

Es war ein Ausdruck dieser veränderten Stimmung, daß Frau Hermine ihr braunes Auge mit Blicken voll dürstender Phantasie zu Landolin aufschlug und ihre Frage verriet, was in ihr vorging.

»Sage mir, Landolin, haben dir deine heimlichen Reichtümer auch schon Zinsen getragen? Geh, erfinde mir was; du bist nie wahrer, als wenn du lügst,« scherzte sie, um ihren Ernst zu verbergen.

Aber Landolin antwortete:

»Du irrst, mein Kind, ich brauche nichts zu erfinden. Es ist die Wahrheit, was ich dir jetzt erzähle. Auf meiner Rückreise von Italien war ich in einer großen Verlegenheit. Ich spiele selten und noch seltener mit Glück, aber in Genua hatte ich wütendes Unglück und verspielte fast all mein Kies. Und just damals reiste ich zu dreien. Ich hatte Dame Carlotta bei mir, eine Primadonna, die mir aus Pesaro gefolgt war; ferner hatte ich mich eines alten, bankerotten Kapellmeisters angenommen, dem ich bis Turin freie Station versprochen. Ich verkaufte einen Diamanten vom Finger, der uns glücklich aus Genua und bis nach Turin forthalf, wo ich meinen Kapellmeister unterbrachte. Jetzt aber galt es noch, Dame Carlotta in ihr Engagement nach Genf zu bringen und mit dem Nötigsten auszurüsten. Kaum wußte ich mir einen anderen Rat dazu, als meinen Chronometer zu verschachern, und schon ging ich durch die Straßen Turins, um mir den Schacherer auszusuchen. Da stellt mich ein Mensch auf der Straße:

›Potz Blitz! Herr Landolin, Sie in Turin? Das ist mir ja lieber als ein Kuß meiner Großmutter!‹

Ich staune über die deutsche Ansprache, sehe mir den Landsmann von oben bis unten an und studiere, in welches Register meines Gedächtnisses diese Stimme, diese Züge gehören mögen.

›Kennen Sie mich nicht mehr, Herr Landolin? Ich bin ja der Fritz vom Goldenen Engel.‹

›Ah so! Sei gegrüßt, Fritzchen; Pardon, Messer Frederico, wollte ich sagen, seien Sie schönstens gegrüßt. Freut mich, Sie wiederzusehen, was machen Sie in Turin?‹

›Ich bin verheiratet, Herr Landolin, bin Besitzer des ersten Hotels ... wo sind Sie abgestiegen? Bitte, bitte, kommen Sie doch gleich zu mir!‹

Dieses Abenteuer verhielt sich nun so: Im Goldenen Engel hatte ich vor zehn Jahren meinen Mittagstisch genommen. Es war eine ziemlich angenehme Gesellschaft beisammen; nur einer ärgerte mich, den auch die anderen nicht liebten, aber fürchteten. Es war der Wühlhuber der Stadt, Eigentümer und Redakteur einer demokratischen Zeitung, Machtprotze, Einflußjäger, Lärmmacher und Tagsschreier, der unduldsamste Freiheitstyrann. Mir ein fataler Patron! Wie er sich die Serviette knüpfte, schien er zu sagen: ›Jetzt erlaube ich auch der übrigen Menschheit, zu essen,‹ und wie er kaute und schmatzte, sagte jeder Zug seiner Mundwinkel: ›So gute Dinge sind nur wert, von mir genossen zu werden.‹ Seine Fresserei war ihm ein Gottesdienst, seine ganze Person die wichtigste Angelegenheit in der Welt. Sein Kommen, sein Niedersitzen, sein Fordern mit den Augen, sein Aussenden von Winken, jede Nuance an ihm war brutaler Selbstkultus. Am liebsten hätte er sich mit Bahnwärtern und Eisenbahnsignalen bedienen lassen; er war in seinem Bewußtsein ein Extrazug in der Welt und das ganze Hotel hatte nichts zu tun, als ihm die Weichen zu stellen. In meinem Leben habe ich den Egoismus nicht so widerwärtig gesehen. Nichts konnte impertinenter sein als die Airs, womit er sich beim Fortgehen bedienen ließ – hinter ihm ein Aufwärter, der ihm den Paletot anzog, vor ihm einer, der ihm die Zigarre anbrannte, ein dritter neben ihm, der, seines Winkes gewärtig, mit Hut und Stock dastand; er selbst, das Meisterstück der Schöpfung, in der Mitte, fauchend, schnaubend, blasend, nicht atmend wie ein Mensch, denn der Kerl war dick und fett wie eine Ortolane, nur nicht so schmackhaft. Mit einem Wort und daß ich es kurz mache, eines Tages riß mir die Geduld. Ich weiß nicht mehr, hatte der Fritz an seine geheiligte Person angestreift oder den Serviettenring verwechselt oder Senf statt Essig gebracht – es war ein Versehen, das ein gebildeter Mensch gar nicht bemerkt hätte; aber der Wühlhuber warf ihm die Saucière an den Kopf und warf ihm eine Flut von Schimpfwörtern nach. Der arme Junge stand da, blutrot im Gesicht, sein feiner Frack, sein weißes Chemisettchen verdorben – er trug sich eigentlich viel properer als der Wühlhuber und war überhaupt ein feines, patentes Kerlchen. Die ganze Tischgesellschaft sah einander an. Ich aber machte mein Maul auf und sprach:

›Herr, man verbittet sich Ihre Flegeleien an einem Tische, wo Sie die Ehre haben, unter Männern von Bildung zu sitzen. Ja, ja, glotzen Sie mich nur nicht so dumm an, ich rede im Ernst. Wir verbitten uns den Lümmel in unserer Gesellschaft. Ich protestiere im Namen Ihres demokratischen Prinzips, daß Sie einen deutschen Jüngling wie Ihren Hund behandeln. Wenn unsere jugendlichen Mitbürger bei Tisch uns bedienen, so sind sie nicht unsere Sklaven, wir nicht ihre Herren. Sie deklamieren ja immer von Bürgerstolz und Mannestrotz! Aber woher – bilden Sie sich ein – soll ein Wirt seinen Bürgerstolz und Mannestrotz nehmen, wenn ihm als Kellnerbursche der kriechendste Servilismus eingetrichtert worden? Unsere Kellner sind die Pflanzschule unserer künftigen Hotelbesitzer, speziell unser Fritz ist guter Leute Kind und kommandiert in zehn Jahren vielleicht das Hotel de l'Europe. Dann ist er ein Mann so groß wie Sie und wohl noch ein bißchen größer. Was gibt Ihnen ein Recht, ihn heute wie Ihren Hund zu behandeln? Er wartet uns auf, um sein Geschäft zu lernen, aber nicht, um zu lernen, wie man vor Augenbrauen zittert und wie man Fußtritte einsteckt. Schweigen Sie, das Reden ist noch nicht an Ihnen! Ich habe Ihnen noch folgendes zu sagen: Wenn Sie dieses Stück in Paris probieren, so sind Sie ein toter Mann. In Paris ist ja Ihr Gott und Börne sein Prophet! Aber in Paris und ganz Frankreich ist jeder Knabe von vierzehn Jahren ein Monsieur und unser Fritz hat sogar schon sechzehn. In Paris und ganz Frankreich haben Sie jeden Kellner um seine Dienste zu bitten, und keiner würdigt Sie eines Blickes, wenn Sie das »s'il vous plaît« einmal vergessen! In Paris und ganz Frankreich präsentiert sich Ihnen jeder Kellner mit der Haltung und dem Gefühl, daß das Dienen die *égalité* mit dem Herrn nicht aufhebt, daß er heute den Tisch bedient, aber vielleicht übermorgen *Maréchal de France* sein kann. Das französische Ehrgefühl macht die Franzosen zu dem, was Sie an ihnen bewundern, nicht ihre Guillotinen und roten Fahnen. Aber danken Sie Gott, daß der Fritz kein Franzose ist, sondern der blonde deutsche Michel, über den Sie so fleißig schimpfen, Sie Kuckuck im Neste des Vaterlandes! Wäre der Fritz ein Franzose, er forderte Sie auf Pistolen und würde sich ein Vergnügen daraus machen, einen so unnützen Fettklumpen, wie Sie, über den Haufen zu schießen. Das alles ist *touche*, ich gestehe es, aber wünschen Sie Satisfaktion, so stehe ich Ihnen zu Diensten, ich und meine ganze Verbindung. – Ich war damals Student,« erläuterte Landolin.

»Der Wühlhuber wünschte übrigens nicht Satisfaktion, er wünschte bloß, zehn Klafter tief in den Erdboden zu sinken. Die

Aussicht auf Säbel und Pistolen benahm ihm all sein Maulheldentum. Er wälzte sich brummend von dannen und nie sah man ihn wieder. Der Goldene Engel aber feierte mich als seinen Befreier und Retter. Die Tischgesellschaft hatte ihm längst eine solche Lektion gegönnt und vortrefflich paßte es den ehrsamen Bürgersleuten, daß sich ein fremder Student, ein Ritter Lohengrin aus der Ferne, gefunden, um ihn abzumurksen. Was soll ich erst vom Fritzchen sagen! Das goldene Knäblein hatte einen Eindruck für sein ganzes Leben empfangen. Er sah einen Mann in dem Alter, wo man soeben selbst einer wird. Er betete mich an wie ein Ideal. Ich war sein Vorbild, war ihm Vater, Bruder, Freund, alles. Kurz, er verehrte mich leidenschaftlich. Mit hundert anderen Fäden riß freilich auch dieser ab und Achilles und Patroklus verloren sich aus den Augen, was bei meinem ewigen Wechseln und Wandern nicht anders möglich war. Inzwischen hatte sich auch Fritzchen tüchtig gerührt, hatte zu seiner Ausbildung in England, Frankreich und Italien konditioniert, bis er in Turin fast romantisch sein Glück machte. Vor einem Haustor sah er einst ein Landmädchen in der malerisch bunten und stilschönen Bergamasker Tracht, ein appetitliches und ganz allerliebstes Dirnchen. Er staunte es an und umschlich es schüchtern, näherte sich auch und wagte eine Begrüßung.

›Lassen Sie mich! Meine Mutter muß kommen,‹ sagte sie abwehrend, worauf er aber dringend und bittend antwortete:

›Erlauben Sie mir nur, mit Ihnen zu sprechen, so spreche ich auch mit Ihrer Mutter, denn ich habe keine Absichten, welche ich Ihren Eltern verbergen wollte.‹

Die Schöne lächelte mit einem Blick von Güte und Rührung, auch ein wenig Schalkhaftigkeit war darin. Der Jüngling sprach weiter und stammelte, was ihm das Herz eingab; aber es war nicht der rechte Augenblick, es war ihr Ernst, ihn zu entlassen, nur auch ungekränkt zu entlassen. Sie gewährte ihm ein Wiedersehen. Kurz also, um vom Anfange zum Ende zu kommen – er sah sie zwei- oder dreimal an der Seite einer betagten Mutter in einem kleinen Vorstadthäuschen, in einem Hauswesen, ganz Armut und Ehrbarkeit. Da betete er ihr das Kredo seines ehrlichen Herzens vor – nur noch acht Monate, dann werde er großjährig sein und den Besitz eines kleinen Vermögens antreten. Damit wolle er eine Pension an der Riviera pachten, sie als seine Frau heimführen und einem jungen, strebsamen Paare könne es nicht fehlen, sich in wenigen Jahren zu Eigentümern emporzuarbeiten. Sie lächelte nicht ungünstig zu dieser Schwärmerei, aber sie lächelte. Bald sollte er wissen, warum. Eines Tages läßt ihn der erste Hotelbesitzer der Stadt zu einem Gespräch einladen. Sie sprechen vom Geschäfte, der Junge merkt bald, daß ihn der Alte mit scharfer Meisterschaft prüft, aber der Alte findet den Jungen perfekt und sattelfest über sein Alter. Plötzlich unterbricht er das Gespräch:

›Apropos, wollen Sie meine Tochter heiraten? Sie gefallen mir.‹

Den schlechten Witz pariert Fritzchen sehr männlich.

›Ich bin schon versagt.‹

›Wetter auch, so sehen Sie mir das Kind doch erst an!‹ Und eine Tür fliegt auf und die Bergamasker Braut fliegt ihm lachend an den Hals. Sie war die Tochter des Hauses! Fritzchen hatte sie in dem Augenblick kennengelernt, als sie mit ihrer Mutter bei einem Maler gewesen, um sich für ein Kostümfest die Nationaltracht eines Bergamasker Mädchens künstlerisch komponieren zu lassen. Seine Ansprache gefiel ihr und an der Seite der Mutter war sie Schelmin genug, das arme Landmädchen noch ein Weilchen weiterzuspielen. Die naive Herzlichkeit seiner ernsthaften Werbung entzückte die Tochter und beruhigte die Mutter, sein Glück war gemacht. Sie führten ihn von der Theaterarmut des Vorstadthäuschens, wo sie bei einer ihrer Arbeiterinnen ihre neckischen Gastrollen gegeben, als Eidam in ihr Palazzo. Dort wirtschaften sie jetzt allein und unumschränkt, denn der Schwiegervater war glücklich, mit seiner Gicht endlich in die Bäder zu kommen und seine ganze Regielast der deutschen Arbeitskraft des treuen, bescheidenen Jünglings anzuvertrauen.«

»Das ist ja ein reizendes Histörchen!« sagte Frau Hermine, der man ansah, daß sie wieder guten Mut gewann. »Und ich verstehe, daß du sie zu deinen Renten zählen darfst. Dein Schützling wurde dein Nothelfer.«

»Und zwar großartig. Ich konnte nun sorgenfrei die arme Carlotta in ihr Genfer Engagement installieren, mußte aber meinen eigenen Turiner Aufenthalt noch wochenlang fortsetzen, denn Fritzchen erwartete soeben das erste Kind seiner jungen Ehe, und wen anders erbat er sich zum Taufpaten als mich? Ich benützte diese Frist, um mich selbst wieder zu rangieren, und bis dahin wurde mir sein Hotel eine Heimat und ein Haus, wie ich es kaum je so gut gehabt. Mein Täufling zuletzt machte mich vollends weich, ich schämte mich vor dem jüngeren Freunde und Familienvater meiner Alt-junggesellenschaft: kurz, ich war ganz in der Stimmung, ein besse-rer Mensch zu werden, wie man so schön sagt, und brauchte auf meiner Rückreise durch die Schweiz nur den Paradiesvogel von Neufchâtel kennen zu lernen, um mit ihm zu Neste zu fliegen – die letzte und schönste Dame meines Herzens, der ich soeben die Hand küsse, die kleine, böse Feenhand, die mich in einen soliden Ehe-mann und hausbackenen Philister verzaubert hat.«

»Was du dir alles einbildest!« lachte die junge Frau. »Ein solider Philister will der Bruder Leichtfuß sein, der sich für einen anderen Bruder Leichtfuß bis aufs letzte Hemd verbürgt und auspfänden läßt! Nein, Lando, tröste dich, du bist noch nicht aus der Art ge-schlagen.«

Aber Landolin antwortete ernsthafter, als Hermine gesprochen hatte:

»Ein klein wenig irrst du dich doch, Herzensweibchen. Gar so leichtsinnig, wie es jetzt aussieht, nachdem es den Erfolg gegen sich hat, war es just nicht. Der Freund, dem ich mit meiner Bürgschaft diente, hatte mir in einer sehr wichtigen Sache wieder gedient; er brauchte momentan diese achthundert Taler, aber wenn dann mein Moment kam, so hätte ich zu den brüderlichsten Zinsen von ihm wohl zwölftausend haben können. Eine Hand wäscht die andere, sagt der Philister, und wahrlich, kein Gott konnte voraussehen, daß ein Schicksalsschlag ohnegleichen seine Hand, welche die meinige waschen sollte – ihm abhauen würde! Wenn man einen Onkel mit zwanzigtausend Talern in einer Lebensassekuranz versichert hat und dieser Onkel ist zweiundachtzig Jahre alt und ist krank, so läßt es sich schon verantworten, dem Neffen dieses Onkels bis zu tau-send Talern Bürgschaft zu leisten. Wer konnte voraussehen, daß der alte Mann am Vorabend einer Operation auf Leben und Tod aus Furcht vor der Operation sich selbst den Tod geben würde? Durch diesen Selbstmord ging der Anspruch der Lebenspolizze verloren und so sind wir beide, der Neffe und ich, freilich bankerott.«

»Das ist allerdings Unglück, nicht Schuld,« seufzte die junge Frau. »Aber darf man wissen, was für eine wichtige Sache das war, worin dir dein Freund hätte dienen sollen?«

»Herzlich gern. Ich wollte dich damit überraschen, denn das Projekt war brillant und hätte dich zu einer fürnehmen Bürgersfrau gemacht. Für gänzlich verloren halte ich es auch heute noch nicht, aber mit dem Überraschen ist's vorbei. Ich verschulde dir heute einen widerwärtigen Tag; was kann ich Besseres tun, als daß ich dir etwas Freundliches wenigstens in der Möglichkeit zeige?«

»Wie gut du bist! Aber nicht gefabelt, Lando, hörst du?«

»Als ob ich das je getan hätte! Du wirst ja hören, daß es nicht fabelhaft klingt, sondern rechtschaffen trocken und geschäftsmäßig. Die Sache ist diese. Die Düsseldorfer Kunsthandlung, deren Agent und Vertreter ich bin, ist endlich aus dem Prozeß und steht zu verkaufen. Den Prozeß führten drei Weiber – die Schwester des verstorbenen Eigentümers, seine geschiedene Frau und seine Geliebte in ihrem und ihres Kindes Namen. Es erwies sich nun, daß die geschiedene Frau schon bei ihrer Scheidung endgültig abgefunden worden und in einer Phrase, die sie vielleicht selbst nicht verstand, auf weitere Ansprüche ausdrücklich verzichtete. Es erwies sich ferner, daß die Geliebte ein Eheversprechen präsentiert hatte, welches gefälscht war, was sich auch von der Anerkennung des Kindes erwies, welche eine Schrift des Verstorbenen angeblich geleistet haben sollte. Fazit: die Schwester ist Erbin und alleinige Erbin.

Diese Schwester ist nun eine sittsame Jungfrau von achtundvierzig Jahren, welche schon längst mit einem Fuße im Kloster stand, während das andere Füßchen, als das große Verjüngungs- und Verschönerungsmittel des Mammons über sie kam, zum letzten-, zum allerletztenmal zuckte, noch immer in die Ehe zu springen. Sie dachte, den Buchhalter des Geschäftes zu beglücken, von dem sie sich eingebildet, daß er überreife Früchte zu schätzen wisse, als es sich plötzlich ereignete, daß er mit der grasgrünen Jugend ihres neunzehnjährigen Kammermädchens durchging. Bei diesem Schlage fällt die Alte in Ohnmacht, ihr stark beschädigter Glaube an die Menschheit geht endlich ganz unter; Beschämung, Zorn – will sagen, der Drang nach dem Himmel ergreift ihr Herz mit der ganzen Stärke eines ›wahrhaft gefühlten Berufes‹, kurz, sie geht ins Kloster und bringt dem Kloster ihre Kunsthandlung zu.

Aber was macht ein Kloster mit einer Kunsthandlung? Ein Kloster, das nicht einmal eine Naturhandlung ist! Die Äbtissin verkauft das Geschäft und meine Wenigkeit wäre der meistbegünstigte Käufer, ohne daß ich selbst wüßte, wie ich dazu komme – wahrscheinlich durch die reine, unverdiente Gnade des Himmels.«

»Geh, geh, du wirst es schon wissen!«

»Auf Ehre nicht. Natürlich, daß man artig ist mit Damen, zumal wenn man Geschäfte mit ihnen macht, und ich verkaufte der Äbtissin ein paarmal Heiligenbilder aus unserer Kunsthandlung. Als ich das erste Geld aus ihrer Hand empfing, streichelte ich die Hand – es ist wirklich ein hübsches Patschchen – und sagte, indem ich es küßte: ›Wahrlich, Christus kann verliebt sein in solche Bräute!‹ Da bekam ich mit der belobten Hand einen Klaps und – bekäme die Kunsthandlung jetzt fürs halbe Geld!«

»Siehst du, du Schlingel! Nicht einmal die Nonnen läßt er in Ruhe!«

»Nein, Unruhe mach' ich ihr nicht. Die Äbtissin ist eine Gans, ohne Temperament, nur mit der nötigsten Würze von weiblicher Eitelkeit. Das ist alles. Sie hört von Zeit zu Zeit gern etwas Schönes, aber damit begnügt sie sich auch.«

»Und dein Freund hätte dir den Kaufschilling vorgeschossen und du hättest mich mit der Kunsthandlung überrascht?«

»So ist es, mein Engel. Von der Lebensprämie seines Onkels standen mir zwölftausend zur Verfügung und mehr brauche ich nicht.«

»Hm! In einem so guten Geschäfte könnte ja leicht einer sein Geld anlegen. Weißt du dir nicht einen zweiten Freund dazu?« Die Frau folgte dieser Sache mit sichtlichem Interesse.

»Einen zweiten Freund! Wenn du willst, einen dritten, vierten, fünften! Und doch wieder keinen! Zum Beispiel Fritz in Turin – es kostete mich nur einen Brief. Aber kann ich es, nachdem er mich schon einmal so nobel unterstützt? Aus der Ferne kann er das Geschäft, die Sicherheit und den Vorteil der Anlage doch nicht beurteilen, aber zwölftausend Taler Personalkredit geniert mich, denn mit meiner Person hat er sich schon mehr als freundschaftlich und fast mit fürstlicher Großmut in Unkosten gesetzt. Ferner Ritter Korth in Posen. Erwürgen würde er mich, wenn er hörte, daß ich Geld gebraucht habe und nicht unumschränkt über ihn verfügte. Und doch, so groß mein Verdienst um sein Leben und Glück ist, so sorgfältig muß ich vermeiden, was wie eine Erinnerung daran und eine Gegenleistung aussieht. Delikatesse hier, dort – auf allen Seiten!«

Frau Hermine nickte.

»Wüßte ich nur,« fuhr Landolin fort, »wie weit die Äbtissin Spaß versteht. Manchmal kommt es mir vor, ich könnte sie beschwatzen, daß sie mir das Geschäft überhaupt ohne Anzahlung überläßt und auf bloße Raten aus dem Betrieb selbst. Am Ende wage ich doch einen Hauptsturm auf ihre schwachen Seiten.«

»Daß du dich nicht unterstehst! Davon will ich nichts wissen. Lieber gehe ich betteln mit dir!«

»›Milch des Mondes fiel aufs Kraut! Huhu!‹ In diesem Punkte sind sie doch alle Megären! Wie dir das Blut ins Gesicht schoß! Sieh doch mal im Spiegel.«

Die reizende Frau ließ sich das nicht zweimal sagen, sprang auf und plauderte allerliebst in den Spiegel hinein:

»Nun ja, es ist Blut! Frisches Blut! Eine Frische, die sich in Klostermauern nicht so erhält. Hat sie diese Farbe auch, deine Äbtissin? Ist sie hübsch? Ist sie noch jung?«

»Das merke dir,« sagte Landolin, »bei Weibern, welche nur halbwegs so schön sind wie du, suchte ich zeitlebens meinen Vorteil – höchstens als Mann, aber nie als Geschäftsmann. Denke ich ans Geschäft, so denke ich wahrlich an dich, und daß ich jetzt eine Frau habe, für die ich eine sichere und freundliche Existenz brauche. Entschließe ich mich und mache ich einem schwachköpfigen Weiblein ein bißchen den Hof, so ist es viel eher ein Opfer, das ich dir bringe, als ein Opfer, das ich von deinem Altar wegnehme.«

Die junge Frau hörte diese Worte mit Vergnügen und Hochachtung.

»Das heißt, wie ein Mann gesprochen!« rief sie. »Komm, Lando, da hast du einen Kuß dafür. Und jetzt will ich brav sein. Ich will mir die Eifersucht abgewöhnen, die grundlos ist; aber nicht wahr, Landolin, Grund wirst du mir nie dazu geben?«

Landolin, welcher in sein reizendes Weibchen aufrichtig verliebt war, umschlang sie mit seinen Armen und küßte ihr überzeugende Antworten zu.

Ein Geräusch auf der Treppe störte das Paar. Hermine ließ Landolins Arme und rief erschrocken:

»Diesmal sind sie's!«

Landolin lauschte.

»Das klingt nicht vierfüßig oder mehrfüßig wie eine Pfändungskommission,« sagte er kopfschüttelnd. »Ja, nicht einmal Männerschritte sind's.«

»Ach, wäre doch dieser Tag schon vorüber!« seufzte die Frau. »Wie mir das Herz schlägt!«

Landolin streichelte die erbleichenden Wangen seiner Lebens- und Schicksalsgefährtin und flüsterte:

»Mut, mein Häschen, es kostet den Kopf nicht!«

Jetzt klopfte es. Aber ehe Landolin sein »Herein!« gerufen, stürmte Gretchen ins Zimmer, atemlos vor Eifer und Eile.

»Herr Landolin, kommen Sie geschwind! Ziehen Sie sich an und kommen Sie augenblicklich! Die englische Lady will Sie sprechen. Sie fällt aus einer Kränk' in die andere, sie sagt, Sie wären der größte Wohltäter ihres Lebens.«

»Wohl möglich,« antwortete Landolin phlegmatisch.

Aber Frau Hermine fragte pikiert:

»Was soll das, Lando?«

»Weiß ich's? Wahrscheinlich eins von meinen Kapitalien!«

»Kapitalien bei englischen Ladies?«

»Sei ruhig, kleiner Eheteufel. Die Tugend und die Füße der Engländerinnen waren mir immer zu groß. Sogar in Leporellos Don

Juan-Register prangt Albion durch seine Abwesenheit. Vielleicht hab' ich ihr einmal einen Mops aus dem Wasser gezogen.«

»Nein, nein, von der Katze war die Rede!« rief Gretchen vorwitzig. »Ich hörte nur immer: ›Cat, cat!‹, und ich weiß doch ein bißchen Englisch von unserer Madame.«

»Alle Wetter, sollte es gar meine Katze vom Stephansturm sein?«

»Richtig, Herr Landolin, richtig, das ist das Wort. Stephensturm hörte ich wohl tausendmal und die Lady schrie, wie hoch es gewesen, und räckelte ihre kurzen, dicken Arme in die Höhe.«

Hermine sah auf die ihrigen und sagte:

»Geh, Lando, man kann ja nicht wissen ....«

Landolin sah dumm aus.

»Ich weiß nicht, wird der Spaß ernsthaft oder der Ernst spaßhaft – wie komme ich zu Ladies und Katzen?« Duselig wechselte er sein Hauskleid – die isabellafarbene Dogge stand auf und streckte sich. »Das ist ein Mißverständnis, guter Fido,« sagte Landolin; »Fido bleibt bei der Frau. Es muß doch *ein* vernünftiges Wesen im Hause bleiben!«

Der Hund kehrte zu dem Fußschemel der Frau zurück und legte sich in einen Ring zusammen.

»Also, teures Weib, hüte das Haus. Und ... was ich sagen wollte, wenn du eine Rose siehst, sag', ich lass' sie grüßen! Aber sie kommen nicht mehr. Siehe, da fällt schon ein großer, schwerer Tropfen ans Fenster. Der Rhein ist eigentlich am schönsten im Regenwetter. Die Sonne macht sich so dürr und grell in den Winterbergen. Aber diese tiefen, schwarzblauen Schatten ...«

»Jetzt schwärmt er den Rhein an, statt an die Lady zu denken! Geh, Lando, geh und nimm den Regenschirm mit – da!«

Landolin duselte fort mit dem Gretchen.

Aber war das noch derselbe Träumer, der nach einer Stunde mit idealem Sturmschritt hereinflog, Hut und Regenschirm hinwarf, daß es hallte, mit ausgebreiteten Armen seine Frau anfiel, sie in die Luft schwang wie einen Federball und dann sein Gesicht in das ihrige senkte und mit einem stummen Kusse lang darin liegen blieb?!

»Siehst du,« sagte er nach dieser Pause, »einen so langen Kuß kann man nur von einem Manne haben, der ein so famoser Taucher im Rhein ist, worüber du immer zankst und zappelst. Heißt das den Atem aushalten?«

»Aber du erstickst mich ja!« lachte die Frau. »Als ob ich auch ein Rheintaucher wäre! Und sind denn der Rhein und die Taucherkünste die Dinge, die ich von dir jetzt erwarte? Weißt du nichts Vernünftigeres zu reden? Mann, du bist drollig!«

»Hm, ja, was ich sagen wollte.« Und mit neckender Bedächtigkeit entfaltete Landolin seine Brieftasche. »Ich wollte dieses sagen. Siehst du, das ist ein Papier. Und auf diesem Papiere bezeugt mir die Bank von England, daß sie mir tausend Pfund schuldig ist. Nicht wahr, das ist vernünftig geredet von der Bank von England? Ja, ja, besieh dir das Fähnchen! Du darfst es auch angreifen, es beißt nicht. Das nennt man eine Tausendpfundnote. Eine runde Summe! Haben wir das je in preußischen Kassascheinen gesehen? Ach ja, in Druck- und Preßerzeugnissen ist uns England doch weit voraus. Ich habe es immer behauptet.«

Aber die junge Frau war ganz ernst und still geworden. Sie hatte die Tausendpfundnote in der Hand, wie ein lebendiges Wesen, dem man nicht weh tun darf. Fast furchtsam fragte sie ihren Mann:

»Darf ich das glauben? Ich verstehe nicht englisch.«

Landolin betrachtete sie mit Rührung und sagte:

»Ja, mein Engel. Aber wie glücklich bin ich, daß meine Hausfrau, die an eine Pfändungskommission glauben mußte, auch an diese Tausendpfundnote glauben darf! Es ist das ein reinerer, geläuterter Glaube – und ich bin sein Prophet! Morgen krieg' ich sogar ein zweites Tausend; sie hatte nicht mehr ›bei der Hand‹.«

Einen Augenblick lang war's von beiden Seiten still in dem großen Zimmer.

»Ich kann's nicht fassen,« sagte Frau Hermine, noch immer im Staunen. »Geh, Landolin, sag' mir die Wahrheit! Wie kann eine Katze soviel Geld wert sein?«

»Aber was für eine! Das war keine gewöhnliche Katze, sondern eine Unsterbliche, eine Heilige. Es war ein ideales Wesen, ein symbolisches, eine Hausgottheit. Sie griff in den Mythus der Völker ein.«

»Lando, flunkere nicht! Sprich vernünftig! Hat das Gretchen recht oder nicht? Erzähle mir alles, aber erzähle es ordentlich.«

»Zu Befehl, Madame. Also höre, ich will vom Anfang anfangen. Im Anfang war eine Teetasse. Landolin wollte, daß etwas mehr sein sollte, und sogleich war ein ganzes Service. Und das Service war Porzellan und Silber. Und es war ein reiches Service und die Engländerin sah, daß es gut war. Und die Engländerin lobte es und gratulierte ihrer gewesenen Gouvernante, daß sie sie in so guten Verhältnissen finde. Und Karlchen lachte und redete Kinderwahrheit mit Kindermund und sagte, es sei geborgt. Und die Frau Flims wurde rot und sagte, es sei wahr und nicht wahr, ich habe es ihr aufgedrungen. Da wurde die Engländerin rot und schüttelte die strohgelben Schmachtlocken.

›Ei, ei, solche Gefälligkeiten! Wer ist dieser Borger und Aufdringer?‹

Da wurde Frau Flims wieder rot und sagte: ›Es hat nichts zu bedeuten, der Mann ist ein Narr.‹

Zucke deine Brauen nicht, Weib des weisesten Mannes, sie sagte es in der Angst ihres Herzens, sie wußte sich nicht anders zu helfen. Kurz, ich sei ein Sonderling, ein Mann, der seine › whims‹ habe, ein Großmutsnarr, und wenn der Raptus über mich käme, so gäbe ich fünfundzwanzig Gulden für eine Katze, die sich auf einem Turme verstiegen. Du mußt nämlich wissen, in jenem Katzenauflauf auf dem Stephansplatz zu Wien war zufällig ein Landsmann, ein Rheinländer aus unserer Gegend, der den Ulk zu Hause erzählte. Wups, war auch gleich ein Tierschutzverein der Provinz bei der Hand, der mir sein Ehrendiplom zuschickte, weil nun mal richtige Deutsche, welche ohne Pathos nicht leben können, solchen Kleinigkeiten mit den feierlichsten Schleppen und Schweifen nachlaufen. Dadurch kam die Geschichte auch hier im Volksmunde herum. Die gute Frau Flims nun, welche dem Volksmunde alle wahren und erlogenen Landolinianen nachklatschte, um mich als Narren zu legitimieren, hatte ein dankbares Beweismaterial an der verstiegenen Fünfundzwanzigguldenkatze. Dieser ›Schlager‹ aber schlug in die Nerven der Engländerin, welche laut aufkreischte – mich wundert, daß wir es nicht bis auf unsere Burg herauf gehört haben; so ein Kreischen von einer gesunden englischen Rostbeeflunge ist einer ansehnlichen geographischen Verbreitung fähig! Sie kreischt, sie fällt in Ohnmacht, sie riecht ein Oxhoft Kölner-Wasser aus, sie strampelt mit Händen und Füßen wie eine Schildkröte, welche Ballett tanzt – aber ich sollte wirklich erhabener von meiner Wohltäterin sprechen! Kurz, ich bin ihr Retter, ihr Genius, ihr Haus ist mir ewigen Dank schuldig – und alles von wegen der Katze.

Nämlich jetzt kommt der Völkermythus. Paß auf! Die Familie bildet sich ein, sie stamme in gerader Linie von Richard Whittington ab. Kennst du diesen Aufsitzer? Schwerlich, aber in allen deutschen Lesebüchern wird er mit großer Andacht erzählt. Dieser Richard Whittington ist das rührende, schulgerechte Ideal – des bürgerlichen Musterknausers, wie er sein soll. Er war ein Waisenknabe, der in der Welt nichts sein nannte als ein kleines, verwaistes Kätzchen, sein Ebenbild, das man ihm aufzuziehen erlaubte und das er mit großer Zärtlichkeit liebte. So lungerte er im Hause eines Kaufmannes herum, wo er sich dadurch auszeichnete, daß er Papierschnitzel, Bindfäden, alte Nägel und dergleichen Quark zusammenklaubte, was dem Hoch- und Oberknauser, seinem Chef, außerordentlich wohl gefiel. Eines Tages befrachtet dieser ein Kauffahrteischiff nach fremden Ländern und fragt den kleinen Hungerleider, ob er nichts mitzugeben habe. ›Was soll ich haben, Master; Ihr wißt ja, wie arm ich bin!‹ Inzwischen aber besinnt er sich doch, und da fällt ihm sein Kätzchen ein, sein Liebling, seine einzige Freude, das einzige lebendige Wesen, das ihm anhänglich ist. Das holt er und offeriert es zum Verschachern. Man möchte den Kerl ohrfeigen, aber im Grunde ohrfeigt er diejenigen schon selbst, welche diese Herzlosigkeit mit der ihr eigenen, naiven Niedertracht ganz übersehen, indem sie nichts zu lehren glauben, als die goldene Lehre eines Handelsvolkes: daß auch der Geringste und Ärmste, wenn er nur acht gibt, noch etwas hat, was ein nützliches Tauschobjekt ist. Der Hoch- und Oberknauser ist natürlich entzückt von dem sprossenden Knausergenie, das in seinem Hause so hoffnungsvoll aufblüht; er verachtet nicht das verächtliche Frachtgut, sondern nimmt die Katze in dem schönen Geiste, womit sie gegeben wird, an. Das Schiff, sagt nun die Sage, kommt zu den Küsten und Inseln der Wilden, kommt in ein Land, wo das Golderz auf allen Straßen liegt, aber auch Mäuse und Ratten auf allen Eßtischen herumlaufen. Der König selbst ist von dieser Plage nicht frei. Natürlich holt der Kaufmann seine Katze und die Pointe davon ist, daß der König für das Wundertier das ganze Kauffahrteischiff mit Gold beladet. Richard Witthington wird ein Krösus und der bürgerliche Moralkodex: »Sei ein herzloser Schacherer!« bläht sich in seinem glorreichsten Triumphe. So der Mythus. Die Geschichte sieht auf ein Haar erlogen aus, was ich aber nicht untersuchen will. Wer kann denn wissen, wie dumm so ein wilder König ist? Es ist schon möglich, daß sie das Gold in ganzen Schiffsladungen hergeben – für ein Kätzchen! Wohlan, ein Körnlein Wahrheit enthält jede Tradition und wahr ist gewiß, daß in alten Zeiten irgend ein englischer Schlaumeier den gefabelten Richard als seinen Ahn adoptierte und sich Whittington nannte – vielleicht als Reklame für seinen kaufmännischen Kredit oder um bei einer Parlamentswahl die Herzen von Krämern zu rühren. Kurz, die Katze war eine Melkkuh; sie war zu gut erfunden, um sterben zu können. Meine Engländerin schwört auf ihren Stammbaum von dem Katzen-Richard und vom Goldschiff. Sie sagt, seit dreihundert Jahren herrsche in ihrem Hause die Sitte, daß es eine heilige Katze ernährt und daß jedes Mitglied des Hauses, welches reist, nie ohne Katze reist. Kein Whittington darf auf irgend einem Punkte der Erde eine Nacht ohne Katze zubringen. In dreihundert Jahren geschah dies nur zweimal, und dann hätten sie immer die Schwerenot gekriegt. Meine rettende Tat habe das Haus Whittington von der dritten katzelosen Nacht errettet. Wer kann wissen, was geschehen wäre? Frau Flims sagt übrigens, die Leute kommandierten eine Jahresrente von hunderttausend Pfund, und du mußt gestehen, es gäbe keine Gerechtigkeit mehr, wenn man für soviel Geld nicht das Recht hätte – verrückt zu sein.«

»Ei, laß sie nur,« sagte Frau Hermine, »für uns sind sie die weisesten aller Menschen.«

»Überirdischen Verstand haben sie! Wahre Prophetengabe und Eingebungen Gottes! Im Ernste, mein Seelchen, ich sah fortwährend den Alten von Degerloch, wie er mit meinem Gelde die Hand zum Himmel hinaufhält. Ich glaube, er hat's herabgezaubert!«

»Ganz mein Gedanke. Ich fürchtete nur, er sei zu frauenzimmerlich für einen Mann.«

»Nicht doch, mein Schatz. Darum sind ja Mann und Frau beisammen, daß sie das, was sie sind, aneinander nicht fürchten.«

Und mit einem Händedruck voll Herzensandacht bekräftigte sich das Paar sein Zusammensein. Dieser Händedruck ist der Schluß unserer Geschichte.

»Auf nach Düsseldorf! rief Landolin. »Ich habe nach Köln an die Äbtissin schon telegraphiert. Wir sind Kunsthandlung, verehrteste Frau. Das heißt – und exakter gesprochen – ich handle mit Kunst. Du, bleib' nur dort, wohin die Natur dich gestellt hat. Von dir verlangt die Kunsthandlung nichts – dein Chef hat es dir schon gesagt – als Erben. Dein Engel von einem Manne hat dir die Pfändung hinweggeengelt, jetzt, mein Engel, fehlt uns nur noch – das Pfand!«

Über tredition

Eigenes Buch veröffentlichen

tredition wurde 2006 in Hamburg gegründet und hat seither mehrere tausend Buchtitel veröffentlicht. Autoren veröffentlichen in wenigen leichten Schritten gedruckte Bücher, e-Books und audio-Books. tredition hat das Ziel, die beste und fairste Veröffentlichungsmöglichkeit für Autoren zu bieten.

tredition wurde mit der Erkenntnis gegründet, dass nur etwa jedes 200. bei Verlagen eingereichte Manuskript veröffentlicht wird. Dabei hat jedes Buch seinen Markt, also seine Leser. tredition sorgt dafür, dass für jedes Buch die Leserschaft auch erreicht wird.

Im einzigartigen Literatur-Netzwerk von tredition bieten zahlreiche Literatur-Partner (das sind Lektoren, Übersetzer, Hörbuchsprecher und Illustratoren) ihre Dienstleistung an, um Manuskripte zu verbessern oder die Vielfalt zu erhöhen. Autoren vereinbaren direkt mit den Literatur-Partnern die Konditionen ihrer Zusammenarbeit und partizipieren gemeinsam am Erfolg des Buches.

Das gesamte Verlagsprogramm von tredition ist bei allen stationären Buchhandlungen und Online-Buchhändlern wie z. B. Amazon erhältlich. e-Books stehen bei den führenden Online-Portalen (z. B. iBookstore von Apple oder Kindle von Amazon) zum Verkauf.

Einfach leicht ein Buch veröffentlichen: **www.tredition.de**

Eigene Buchreihe oder eigenen Verlag gründen

Seit 2009 bietet tredition sein Verlagskonzept auch als sogenanntes "White-Label" an. Das bedeutet, dass andere Unternehmen, Institutionen und Personen risikofrei und unkompliziert selbst zum Herausgeber von Büchern und Buchreihen unter eigener Marke werden können. tredition übernimmt dabei das komplette Herstellungs- und Distributionsrisiko.

Zahlreiche Zeitschriften-, Zeitungs- und Buchverlage, Universitäten, Forschungseinrichtungen u.v.m. nutzen diese Dienstleistung von tredition, um unter eigener Marke ohne Risiko Bücher zu verlegen.

Alle Informationen im Internet: **www.tredition.de/fuer-verlage**

tredition wurde mit mehreren Innovationspreisen ausgezeichnet, u. a. mit dem Webfuture Award und dem Innovationspreis der Buch Digitale.

tredition ist Mitglied im Börsenverein des Deutschen Buchhandels.

Dieses Werk elektronisch lesen

Dieses Werk ist Teil der Gutenberg-DE Edition DVD. Diese enthält das komplette Archiv des Projekt Gutenberg-DE. Die DVD ist im Internet erhältlich auf **http://gutenbergshop.abc.de**

FSC
www.fsc.org

MIX

Papier | Fördert
gute Waldnutzung

FSC® C083411

Zeitfracht Medien GmbH
Ferdinand-Jühlke-Straße 7
99095 Erfurt, Deutschland
produktsicherheit@kolibri360.de